濃度40%的自白

酒保神探①

唐墨

目次

〔推薦序〕

恕全在這裡！

吳鈞堯

桐花文學獎評審現場，我與主辦單位、作家寒暄後，看到久違的身影，「恕全（唐墨），你怎麼在這兒了？」曾應世新大學邀請，主持「文學龍」系列課程，或小說或散文，持續多年。那是第一回主持，也是歷居以來最優秀的青年團，有考上藝術所的黃資婷、任職報社的洪明慧、寫了《我睡了八十一個人沙發》的連美恩，還有無法定位、但出入各式文類都傑出的林恕全。

當時自不知恕全後來的發展，只是心裡輕允，「這個人，還堅持在藝文場奮鬥哪……」

「文學龍」課程間，恕全總坐角落，非常寡言，桐花評審偶遇，習慣依舊，他扼要回答，「來幫忙。」我能感受到，有些銳角正在滋長。人的、未來的、文學的。恕全很顯從容，有種路已謀定，走，就是了。後來，我參加新北市文化局叢書評議，看到恕全的藝術評論散文《票根譚》，仍不免訝異，「這也能寫啊？」該書獲得與會評審一致熱議，以「票」為流浪、為居所，談戲曲、音樂、書畫藝術等，是一部臺北流行藝術小百科。

我跟恕全真正的「認識」是他某次文學獎失利，從臉書找到我，坦言他的期待與失望。長篇小說雖未得獎，但以清末歷史架構老佛爺與光緒皇帝恩怨，重新審看康有為、梁啟超以及民國革命，恢弘中兼以人物悲歌、大敘事裡寄予春秋感懷，手筆、氣度已見厚重。與恕全私訊的最大收穫是，這成熟的老少年，終於像個青年，這距離我與他的初識，已是五、六年了。

二〇一四年，我主編《幼獅文藝》期間，與文化部合作「類型文學」徵文，評審、用稿，都委任外部作家每月審核。無論是哪一組作家，恕全若有投稿，都會在形色各異的數十件作品中脫穎而出。徵稿沒有資格設限，一個公開徵文，彷彿成了他的小說專欄，如本書的〈擬寶珠狂想〉等，都在《幼獅文藝》上刊登。

「類型文學」搭配校園演講活動，我邀請他參加明倫高中、大理高中座談。恕全著日本和服、踩木屐出席，我跟與會師生都感驚訝，他形色自若，毫無違和感，好像在說，「這樣穿很自在啊，不然是要穿什麼？」

二〇一六年，恕全的《如來擔》獲得第六屆全球華文文學星雲獎「歷史小說」二獎，以大唐長安為背景，關於政治、官場、信仰、佛法、生活，乃至於中國與日本關係等，透過「說故事」的方式，讓正經嚴肅的戰禍、戰場，獲得趣味性傳述，敘述聲調迷人。

恕全以小說、散文、評論等，多聲和音，主聲道仍在小說。他的一個迷人處，很可能是我以及多數寫作者都曾自問的：寫作，該主張個性，還是找到藝術與傳播的平衡，讓作品有更大共鳴？文學不必走進深巷、甚至是死巷，最好能夠康莊大道，可以在左邊開演唱、在右側辦簽名會。這是在寫作時，知道自己在想什麼、別人又在做什麼，恕全的書寫格外有磁吸效應，好看其一、深刻其二、風格其三，像高明的鑄鐵師，陶冶不同金屬，打造他的文學合金。

《濃度40%的自白：酒保神探1》，調酒師漢克為人解決情症、病症、傷症、心症、疑症、難症等，巧妙地以酒名入味，在不關燈的都會，給人們一間小酒館；很可能恕全偶爾客串調酒，穿和服、踩木屐，還綁著長馬尾。

長長的馬尾不是一天長出來的，得裁修、打薄，並順著後腦杓與煩惱，一點點留長。

祝賀恕全與他的煩惱並進，我們才能得到一杯美的、亮的以及深的調酒。

寒林之語

成分

荔枝口味的Liqueur和可爾必思作底，襯上幾Dash的湛藍色或淺綠色或鵝黃色的Liqueur。

酒色

酒液呈現出底層宛如湖水或鬱林或草花的繽紛，而上層是一片蒼茫的迷霧。

喻意

「寒林」其實指的是墓林、墳場。西藏有所謂的寒林主，就是屍陀林主，祂象徵不淨，但也象徵放下執著，放下對皮相的成見。以此酒模擬白骨觀，讓客人都可以放下外在的執念，還有一些不好的記憶。

漢克跟往常一樣，按亮了店門外的ＬＥＤ招牌燈管，以及那枚啤酒廠商贊助的綠色燈箱。「喀」地一聲，往半空中渾厚的夜色敲出第一道光芒萬丈。小酒館座落在暗巷裡，只有熟門路的老客人知道，穿過了東區的燈華璀璨，閃過了安和路、仁愛路、大安路這些銷金窟，依著邊邊角角的暗巷裡，藏著漢克的店。

「KARMA」五個英文大字，宛如漢克沉默的預言／寓言。

晚上九點，漢克還有些開吧的工作沒做完，裝飾杯口的檸檬角、掛在杯身的長馬頸檸檬薄皮、蘸糖吃的柳橙片、該用劍叉串好的紅心橄欖、昨天缺貨的鳳梨罐頭到現在還沒空打開。啊，每天的這時候，漢克都會稍稍對於準備工作的繁瑣感到不耐，但在這段幾乎不會有客人上門的開店前半個小時，洗洗切切的工序似乎又能靜下心來，準備好面對神魂馳放，電波沒有極限與邊際的漫漫長夜。

而今天，很不尋常地在招牌一點亮的瞬間，自動門就開了。

走進來一個女的。漢克抬頭看了一眼，沒認出她是誰，但是隱約有點印象。

「哈～囉～」這是漢克習慣的開場，不是用英文腔調發出純正的「Hello」，而是用中文譯音的理解，拖著長長的尾音。雖然是歡迎客人的聲調，但卻帶點遲疑，因為漢克還在等待腦中自動浮現客人的暱稱、喜好、以及上次來的情境。

客人迎面堆上笑臉，也來不及觀察到漢克的表情；他們通常在想，上一次來，我喝了些什麼？調酒師記得我多少，何以有這麼親切的問候？難道我喝ㄎ一ㄤ了做出什麼讓人難忘的舉動？漢克的遲疑，沒人看得出來，只有他自己知道。

「我昨天有來。」

漢克聽那女子一開口，昨天晚上的畫面像擋在二人中間的透明螢幕，唰唰唰地滑出了幾個片段，漢克在那些片段裡，找到了這個女子的聲音口吻、走路和擺扭的姿態、以及關於她口味喜惡的檔案夾。

「我知道！蕾貝卡嘛！」

「也難怪你還記得我，昨天真是抱歉。我今天來，主要是有件事想問你。」

「昨天唷，不會啦，大家都是出來玩。」漢克未滿三十歲，蕾貝卡看上去應該有四十初了，兩人對話的時候隔著一字長吧檯，雖然沒有肢體的接觸，但是近得幾乎可以聞到對方身上與口中的氣息。蕾貝卡托著腮，目光不時在漢克身上游移；而漢克始終定睛看著蕾貝卡額頭靠近眉心的方向，盡量不與她對上眼：「什麼事情想問我呢？」

「你是不是，可以幫人解決任何疑難雜症？」蕾貝卡問到漢克白天的興趣，讓漢克有點訝異。就算不是那麼訝異，漢克基於還不知道委託內容的前提下，也必須裝作十分吃驚的表情。那樣子，一來可以推託是虛名所累，不便承擔艱鉅的任務；二來就算碰上輕鬆的案子，還可以仗著名聲漲點價格。

「你怎麼知道的？」

「哈，哪個人不知道你的本事啊！」蕾貝卡笑出聲來，她有點忍受不住漢克擺出來展示用的訝異表情，她畢竟也知道那是一種商賈的手段。但是她突然驚覺自己剛才的反應太直接了：「哈。大家會來這邊，都是一個傳一個啊！說你什麼人都找得到，就算人死了，什麼屍體也都挖得出來。」

「沒有，是大家過獎了。」漢克謙虛地說道：「我只是白天無聊，把晚上聽到的八卦，稍微分析一下、四處打聽打聽而已。」

「是，我就是希望你分析一下，順便打聽看看昨天晚上的事情。」蕾貝卡忽然坐挺了身，看是要進入正題了：「我就直說吧，我不知道我昨天究竟發生了什麼事情，但是，我很肯定，我被性侵了。喔不，現在沒人這樣講，我應該說，我被當『屍體』撿走了。」

「你？一點印象都沒有嗎？是誰做的也不知道嗎？」

「沒有什麼印象，但，昨天是我第一次來，也是你的一個熟客，叫做 Jam 的人帶來的。他說你這間店很有氣氛，還稱讚你找人找東西的本事，說務必要帶我過來。昨天，是不是他送我離開的？我總覺得他對我有意思，你跟他熟嗎？」

「Jam 啊，我知道他，但聽你的意思，你認為，是他，那個。」不要說「性侵」，漢克連「撿屍體」三個字都不好意思說出口。

「嗯，我認為是他。」蕾貝卡從包包裡拿出一個金屬的菸盒，從盒裡亮出了一支極細的粉色菸捲像柄暗器，兀自點了起來。邊呼吐出淡灰色的煙雲，她邊回想今天醒來的情形：「我醒來的時候，已經是下午三點左右了，我不是在我家醒來，也不是在別人家醒來，我是在汽車旅館，被旅館櫃檯叫醒的。」

「嗯，上汽車旅館這點是很可疑沒錯，但我所知道的 Jam，除了話多了點，有點自以為的小聰明，不像會做那種事的人。實際上，我也沒聽過或沒看過他對我的客人做出那種事情。」漢克仔細地回想 Jam 的一言一行，從 Jam 兩年前第一次到店裡來開生日派對，到昨天晚上他自告奮勇，和隔壁桌的男客人合力把吐倒在女廁地上的蕾貝卡扛出店外，Jam 再怎麼愛講話，都還是保持著一種莫名紳士風度的傢伙。漢克也記得是Jam開車送蕾貝卡離開的，但是在兩年來的記憶中，漢克似乎看到無數次 Jam 他開車送女酒客回家，而這些女酒客後來或許有回到 KARMA，或許沒有，但總之，Jam 的風評是極好的。

人們不會說 Jam 是個好男人，但都讚許他是好人。

漢克只好再問詳細一點，平常他很不願意這樣探問客人隱私，但如果是專程要來請他當偵探的，那就得問得清清楚楚。線索不夠，他也是愛莫能助。

「你醒來之後，有稍微檢查一下旅館裡的東西嗎？」

「有，我今天從旅館醒來之後，就覺得下體有點灼熱感。我曉得你不知道這種感覺，但簡單講就是怪怪的。我當然也去搜了垃圾筒，不管是床邊的還是廁所的都沒有什麼奇怪的地方，只是有很多擦過我嘴角，沾滿嘔吐物的衛生紙。有很大的可能性是，那個人沒有戴套！這是最可惡的。」蕾貝卡真是個口無遮攔的女人。漢克甚至想歪了，想到昨天晚上說不定性情豪邁，不懂節制的蕾貝卡，在濃烈的酒精催化下，一度情慾流動地十分配合那個「性侵犯」。

而隔日酒醒忽然反悔，甚至憤而提告，也是常有的事情。

「如果是這樣，那就更不可能是 Jam 了。他是個很小心的人。」

「你只說你『知道』Jam，但你跟 Jam 有到很熟很熟嗎？」

「是沒有，但你也知道，出來玩的，有時候名聲很容易就會臭掉的。」

「嗯，我也不預設立場，畢竟那也是你的熟客；這樣吧，你幫我找出昨天晚上撿我屍體的人，我付你三萬塊。成交嗎？」

「找出來之後，你會怎麼做？」

「不怎麼做，我至少要知道自己是怎麼玩到、被誰玩到ㄎㄧㄤ掉的。」

「好吧，我這幾天會幫你注意這件事情。我明天店休，照這情況的話，你後天再來看看，應該會有點消息。」

「好，謝謝你。那我先走了。」

蕾貝卡走出店門後，漢克轉身繼續他的準備工作。切馬頸的檸檬皮。漢克用輕且薄的果雕刀，一刀從檸檬皮上滾出淡淡的刀痕，沿著皮肉之間的白色邊際劃出流利的線條，右手滑刀，左手轉檸檬，邊轉，檸檬皮就像螺旋樓梯那樣不停延伸並且在空中打轉。像個輪迴。漢克一個閃神，忽然想起了什麼事情，他把果雕刀丟在砧板上，隨手就撥通了電話。

「喂，今天要不要來？我有新酒想請你試試。」漢克要 Jam 到店裡試新酒，而就是約今天晚上、現在。接電話的 Jam 還在半夢半醒間，他起先推拖了一陣，漢克趕緊加碼說：「你帶人來，都算你七折啦！」

Jam 噥噥地回了半句：「待會，打給你。」

漢克知道，Jam 是要約約看有沒有誰今天晚上還沒酒攤可以跑的。

漢克抬頭看了一下時鐘，十點半了。

差不多是第一組客人上門的時候了，漢克扭開音響，今夜的第一首歌是 The Cranberries 的名曲〈Zombie〉。那就好像是鄧麗君的〈何日君再來〉、鳳飛飛的〈掌聲響起〉或是江蕙的〈家後〉一樣，經典！

就像平常一樣，漢克負責點餐、出酒；外場服務生也穿梭來去，端餐、送酒。對於有主見的客人，漢克不會加以干涉，任他們想怎麼點，腦中存記了大量酒譜的漢克都可以滿足他們；而對於第一次來 KARMA 喝調酒的客人，漢克都會推薦他們喝 KARMA 的特調「寒林之語」。這是一款很順喉還帶點氣泡感的調酒，以荔枝口味的 Liqueur 和可爾必思作底，襯上幾 Dash 的湛藍色或淺綠色或鵝黃色的 Liqueur，一切都隨漢克的心情轉變，而有不同的演出風格。在直筒狀的可林杯中，酒液呈現出底層宛如湖水或鬱林或草花的繽紛，而上層是一片蒼茫的迷霧，在燈影招搖下，好似清晨踏過林徑般，充滿清新的視覺與味覺感受。

這不是 KARMA 賣得最好的酒，但肯定是每個來 KARMA 的人都喝過的酒。

十二點半的時候，Jam 沒有打電話，自己就跑來了。他一個人來。

「哈囉！你直接過來了唷。」

「對啊。什麼新酒非試不可，我昨天不是才帶朋友來過咩！」

「噯唷，別這麼說，我每次有新的調酒，不都是找你來嘗鮮的咩！」漢克學起 Jam 的口音，和他鬧了幾句。漢克當然不會劈頭就直接問：你是不是上了我的客人？更不可能旁敲側擊很猥瑣地說：嘿，昨天怎麼樣啊？有爽到嗎？

不管怎樣，都太奇怪了。

漢克對於Jam的認識真的不夠多，而實際上，有誰可以說他絕對認識某某人，很清楚某某人的一切呢？甚至連自己都認識不清的這個時代裡，漢克覺得，問話還是小心一點，不要讓Jam感到尷尬。

「好啦，我這不是來了嗎？不過太臨時，我約不到人。」

「沒關係啦，你有來才是重點。」漢克本來還想著要怎麼利用Jam帶來的朋友，替他找出昨天晚上的不在場證明，但顯然這招是要失效了。漢克只好想別的辦法了。

「先給我個百威好了。」Jam習慣先喝點啤酒，再開始喝調酒或烈酒。等到Jam的百威剩下半罐，而漢克的閒話也說得差不多了，差不多該向Jam問問看關於蕾貝卡的事情了。當然，漢克也是轉彎抹角地問起。

「我說，你們都取這些洋名字，有時候撞名了，我也很難記清楚誰是誰耶。」

「你不也是洋名字嗎，漢克？」

「少來，我本名就叫漢克，侯漢克。你要看身分證嗎？」

「我靠，兩年來，我第一次知道你姓侯耶。」

「我操，兩年了，我他媽還是記不得你姓啥！」

「哈。我姓陳啦；不過也是，大家取洋名字，叫起來方便啊。」

「哪有，像昨天那個蕾貝卡，我光是這個名字的人，就認識五個。有一個還是第三性公關！對我這種做生意的來說，不是很方便。」

「說到昨天的蕾貝卡，這女人真夠瘋的！」

漢克雖然一邊和 Jam 聊天，但一邊也是要顧著出酒水，他兩隻手幾乎沒離開過 Shake 杯，不住地搖，兩手翩飛如蝴蝶展翼、蜻蛉振翅。但是他的嘴不能停，必須不斷鋪陳他的敘述，引 Jam 多說一點；他的耳朵也不能閒，當聽到 Jam 自己提到蕾貝卡的時候，就知道機會來了。

「怎麼說？」

「我跟她啊，昨晚是在舞池認識的，還不到六個小時，她就要約我去汽車旅館，你說，夠不夠瘋！」

「以她的年紀來說。」

「是吧！我才沒辦法呢，不是她怎麼樣，我出來玩，真的就是喝喝酒，交朋友，沒想過那麼多的。」

漢克又聽到了另一方的證詞。一字型吧檯就像法庭審訊的長桌子，漢克拿出古典杯，掌心塞了一撮鹽，用手掌包住杯口，將那厚玻璃底「蹦」地一聲猛扣在吧檯上，發出了驚堂木一般的大聲響，而杯裡頭的酒瞬間炸出無限的氣泡。

「這就是你說的新酒？這是老酒吧！Tequila Boom。」

「這可不是一般的 Tequila Boom，你喝了就知道。」

「哇，好嗆！」Jam 喝了半口，他按著鼻翼，受不住直衝腦門的那股刺激辛辣的味道，眼淚不爭氣地飆了出來：「這是什麼啊，太嗆了！」

「這是 Wasabi Boom！」

「這也可以調酒？太嗆了。喔，好嗆。」

「當然，這是伊豆的山葵酒，我給它變化了一下。不過看樣子有點失敗。」

「對啦，改一下吧，這麼嗆，酒的味道都嘗不出來了。」Jam 連咳了好幾聲，還打了噴嚏。

趁著 Jam 還在跟山葵比拚耐力，忍著淚水的時候，漢克開始比對他們的說詞。如果根據蕾貝卡的說法，那麼 Jam 就是趁人之危的「土公仔」；但是 Jam 卻說他吃不下蕾貝卡這種豪放女，在不考慮 Jam 說謊的前提下，那麼侵害蕾貝卡的，應該是別人。

漢克決定主動問起蕾貝卡的行蹤。

「說到蕾貝卡，她是喝了多少，昨天醉成那樣？」

「也沒有多少啦，兩瓶啤酒、一杯紅酒而已；我想她是酒量差。」

「喔，對了，那，你最後送她回家了嗎？」

「沒有，唉，她醉成那樣，我怎麼知道她家在哪？你那什麼表情？我還能去哪，當然是汽車旅館啊！別想歪，」Jam 隔著吧檯推了漢克一下，要漢克穩住差點歪掉的念頭：「我送她去休息之後，還幫她擦她的嘔吐物，結清了住宿的費用，不到十幾分鐘就出來了，後來都是她一個人睡在裡面的。」

漢克聽到這裡，抬頭看了一眼自己店裡的監視器。看樣子，明天早上有必要去一趟事發的汽車旅館了。

「真的嗎？」漢克聽到 Jam 解釋得那麼慌張，故意擺出不信的樣子。

「不信你去問啊，『追尋汽車旅館』，我還記得是五〇三室，下了福和橋右轉！我還有特別交代他們固守車道的櫃檯人員，要他注意一下蕾貝卡，他收了我的房間錢，看著我離開旅館的，他應該可以證明我的清白！啊對，還有，我接著又續了一攤海產熱炒，那攤我就真的喝爛了，所以睡到剛才你打給我！」

或許 Jam 真的不是侵犯蕾貝卡的人。但漢克無法完全相信他們任何一個人，尤其是當他們的證詞互相矛盾的時候，任何的盲信都會招致可怕的後果。

「哈，我相信你，放心好了；昨天蕾貝卡都吐成什麼樣子了，要敢碰她，也是需要很大的勇氣的。」漢克決定，見人說人話就好。

「就說啊，哈！」Jam 一口氣把 Wasabi Boom 乾了，激出足足幾毫升的淚水都不止！

漢克看 Jam 忍功一流，便滿懷歉意地說道：「不好意思，讓你喝到這麼嗆的失敗作；你後天有空嗎？我後天把這款酒改好，請你喝一晚上，都不用錢。」

「真的嗎？後天喔，星期五，應該是可以唷，那我後天，等你！」

「後天再來！」在那之後，Jam 又點了寒林之語、長島冰茶，與漢克聊了個把小時才回去的。漢克把吧檯打理了一下，告訴那些還賴著不走的醉客，明天店裡公休，要早點打烊了。醉客倒也挺識相，掏出千元大鈔一張張，有的連找零都懶得拿就爬上了計程車揚長而去。

蕾貝卡來得很巧，碰上隔天就是店公休的日子。

漢克有一整天的時間可以慢慢思考，一早就決定去永和的「追尋汽車旅館」逛逛。汽車旅館的追尋之旅算是很順利，早上十點幾乎都是空房間，沒有開車的漢克多花了五百元，特別指定要住進有車庫的五〇三室；因為只是三個小時的休息，而且只有漢克一個人，櫃檯小姐沒有起疑就放漢克進去了；到了五〇三室以後，漢克用他能夠想得到的方式，例如找天花板上有沒有戳洞埋攝影機；房間裡面是否有沒清潔乾淨的痕跡；很快的，漢克檢查了一下發現，這裡真的是很普通的汽車旅館。

當然他也跑去問了櫃檯人員，前天是不是有個酒醉的女客人獨自睡在這裡，然後是一位陳先生結的帳；漢克得到的答案可想而知是很官腔的，一點幫助都沒有：「不好意思，我們不能公布客戶的情報。」

「喔，真不好意思。那我可以問問，前天在這個車道口，有沒有撿到一把雨傘跟一個皮夾呢？」

「雨傘跟皮夾嗎？我幫你問問看喔。」

其實沒有什麼雨傘皮夾，漢克只是希望用這個方法，問出前天在車道口收費的人是哪一位。一間汽車旅館二十四小時營業，今天排的班和昨天排的班肯定會有很大的出入。

櫃檯人員如漢克所願，用對講機聯絡車道口的人到櫃檯來。車道口與櫃檯相去不過幾十步路，而且這個時間點，不會有人來汽車旅館，車道口幾分鐘沒有人駐守也沒關係，畢竟四周都有監視器。

「先生你好。」

「你好，」走近櫃檯的是一位中年男子，身材結實修長，應該有運動的習慣，穿著筆挺的制服，站著就有一股英氣煥發的樣子，他很爽朗地接受漢克的問話，而且有問有答：「我想請問，前天是你值班嗎？有沒有撿到一把雨傘，和一個皮夾呢？」

「是的先生，前天是我的班，我沒有撿到這些東西。而且如果撿到，應該也會交到櫃檯來。」

「所以都沒有嗎？」漢克說。

「嗯，會不會是先生你記錯了。」

「喔，不不不，不是我記錯，是前天一位住在五〇三室的女士，她說她的東西掉在這裡了，請我過來幫她拿。她喝太多了，就把東西忘在這裡了。」

「是，她真的醉得很厲害，但她有可能記錯。還有，會不會是她的男伴拿走的呢？她的男伴，不知道為什麼，半夜丟下她一個人就走了。」

「喔，應該不會，謝謝你，先生。喔對了，結帳的陳先生，他昨天很早就開車載著女士一起進旅館嗎？」

「不是，他們已經是最後一組客人，那天已經很晚了。」

「晚上你們也要一直守在車道口嗎？」

「原則上是的，但可以回休息室小憩一下。車道口有警示器，車子靠近的時候，休息室的警鈴就會響起。」

「嗯，謝謝你。」

漢克問到了他想知道的事實。

但是蕾貝卡呢？蕾貝卡說的又是怎麼回事？Jam 在房間內和蕾貝卡獨處了十幾分鐘，要構成性侵的事實也並非不可能，但如果連當天車道口的人員都這麼說了，顯然蕾貝卡的說法就有瑕疵了。該不會是要藉機訛詐 Jam？

漢克回到店裡。他已經知道事情的輪廓了。只是有些細節，要小心處理。漢克不多想，倒頭就睡在店裡，等待明天蕾貝卡跟 Jam 同時出現。

蕾貝卡跟前天一樣，九點，招牌一亮，人就進來了。

「蕾貝卡，真高興見到你。」

「喔，你找到了嗎？是誰？是 Jam？還是？」

「不，不是 Jam，不過你可能要稍等一下，我會請 Jam 跟你說明，可以嗎？」

「你該不會是找不到人，要跟 Jam 聯合起來誆我吧？」

「別人我是不知道，但我漢克賭上這間店的名聲，絕對不會這麼作。」漢克說罷，他快手快腳地搖了一杯「寒林之語」。

「這是要請我的嗎？」蕾貝卡看著吧檯桌上自己沒點的這杯淡粉色的寒林之語，心情有點複雜。她當然懷疑漢克心虛的可能性。

「沒錯，你放心，我會保護你的。」蕾貝卡聽到漢克這麼一說，「保護」兩個字瞬間占據了她的心頭，便吸了一大口淡粉色的酒。是啊，這個年紀了，蕾貝卡還在尋覓什麼？不過就是有人「保護」嗎？

但是蕾貝卡酒一入口，只覺得心跳加速，酒氣濃烈，十分辣口。

「這是什麼？」

「真正的『寒林之語』。」漢克冷冷地說道：「你知道，『寒林』其實指的是墓林、墳場。西藏有所謂的寒林主，就是屍陀林主，祂象徵不淨，但也象徵放下執著，放下對皮相的成見。我希望用這款白色的酒，模擬白骨觀，幫助每個來 KARMA 的客人都可以放下外在的執念，還有一些不好的記憶。」

漢克說明了很多關於「寒林」的典故，蕾貝卡愈聽愈覺得腦袋發脹。

「難怪這麼烈！」還是不管別的好了！蕾貝卡又喝了一大口，她覺得醉了，醉在漢克說話的聲調裡。

「蕾貝卡，你現在是否回到大前天的那種感覺了呢？」

「咯，有一點，咯。」

「嗯，我問你，蕾貝卡。」漢克說話的聲音變得極其溫柔、滑軟像一張蕾絲大床，蕾貝卡被真正的「寒林之語」迷得有點神志昏亂了：「你記得，Jam 那天晚上對你說了什麼嗎？」

「果然是他嗎，咯，他說，喔，他說。」蕾貝卡想了好久，她在酒精的催眠下，慢慢地回到大前天，那個過度放縱的夜晚。蕾貝卡忽然驚醒過來，她大叫一聲：「啊，他說，不對，他對我說話之前，我就吐了，吐得很痛苦，然後他一直幫我，洗啊，擦啊。他最後，他最後要離開房間的時候，他說，啊，他說你自己一個人小心，我先走了！啊！我居然全都想起來了。」

「是的，你回到大前天的那種醉意，然後坐在我的吧檯上，慢慢地就會想起來那天的所有事情。」這是一種感覺的暫存記憶，在尋找失物的時候，都會循著當天的行程重走一遍。聽覺和視覺，有時候嗅覺等等感官經驗互相影響，往往都能夠順利找回失落的東西。當然，漢克認為還必須配合精神狀態，以及時間或地點的重合，才是淬鍊回憶最完美的條件。

「我記得，Jam 還幫我反鎖了門。」

「但是門卻被打開了。」漢克說：「Jam 開車離去之前，交代車道口的人要注意一下你，但是車道口的男人聽說你醉得不省人事，就起了歹念。」

「你很確定嗎？」

「是的，我昨天去了汽車旅館，我見到那個值班的男人，我騙他說，你的皮夾掉在車道口附近，他否認，但是又順勢地推到 Jam 的身上，這是第一個疑點；Jam 只和你在房間待了十幾分鐘，當晚只有車道口的人知道，而且 Jam 還很多嘴地要車道口的人好好照顧你，就是第二個疑點。你喝了超過你酒量負荷的寒林之語，應該能回到那天晚上的情境吧。是不是一個很孔武有力的壓制，讓你不能動彈的呢？那天晚上知道你正獨處一室，並且可以在旅館各個房間來去自如，還能隨手帶走行凶痕跡的人，只有那個在車道口值班的男人。根據我的察訪，他有過人的體力，當晚他應該也有充足的空檔讓他這麼做，因為你們已經是最後一組客人了，他不用一直固守在車道口！」

「啊，似乎真的是這樣。看樣子是我錯怪 Jam了。」

「沒關係，你待會可以請他喝酒。」

「他會來嗎？」

「會的。」

「好，沒問題，他今天的酒，都我請！」蕾貝卡高舉著她的寒林之語，大聲歡呼，一乾而盡！

其實，她才不在意調查結果到底如何，她只想知道，那個過程究竟快不快樂？又是誰與她度過那些快樂，以及不快樂。還有誰可以像漢克一樣，對她說出「保護」兩個字呢？

納迦之毒

成分口感

含三得利葡香甜酒「紫」，酒精成分略低，口感酸甜。

「你來啦！先坐，我幫你介紹一下。漢克，這位是這次的委託人，古莉莉；莉莉，這位就是 KARMA 的老闆兼調酒師，侯漢克。莉莉，你可以把剛剛電話裡跟我說的，再講一次給漢克聽嗎？」

「黃警官，你轉性啦，居然這樣光明正大地跟客人約在我這裡！」侯漢克不敢相信自己的耳朵，那個老是對漢克不苟言笑，甚至一度當著星期三淑女之夜眾多女客人的面，拿出手銬作勢要押走漢克的黃警官，今晚居然用這麼禮數周到的方式，幫漢克約了客人在這裡見面。

又是個人有點多的淑女之夜。黃警官混雜在女酒客中顯得有點不自然，因為他不像其他淑女之夜才會出現的男酒客那樣，頻繁地打量女人，若有似無地炫耀著手錶、袖釦、車鑰匙等各種可以做為釣餌的發光體；也沒和任何一個女酒客聊超過三句話，多半是他被那些誤以為他今晚可以的女酒客們句點了。但他毫不在意，那些戛然而止的話題也都是他故意引導的結果，就是單純地看著漢克調酒，點一杯寒林之語，沒特別說什麼，低頭滑手機。酒上桌了，也不怎麼喝。

漢克就當他是來散心的，沒特別招呼，忙著一如往常的淑女之夜。

直到淑女古莉莉登場。

穿著一身樸素的運動套裝，看起來甚至像是剛剛從運動中心出來的；短髮，但是是學生妹的那種短，不是湯姆男孩那種短；未施脂粉，可又有著一股不知道是洗衣精還是沐浴乳，甚或真的有哪間名牌出過這種香水味，在她靠上吧檯的時候飄向漢克。

「不行約人來啊？反正我下班了！」

「行，當然行，而且很歡迎。」漢克邊說，另外拿了酒單和水，遞到那位從剛剛到現在都被稱作古莉莉，但卻尚未自我介紹的女子面前：「要喝點什麼呢？」

「嗯，我不太能喝酒，淡一點的吧。」

「沒問題。」漢克轉身拿了一支三得利的葡萄香甜酒「紫」，看似打算調一款香甜度與酸度都略高的酒：「葡萄可以嗎？」

「可以。」

漢克取出雪克杯正準備開始調製，還不忘提醒古莉莉：「喔，你可以邊說，我邊做邊聽。你是遇到了什麼樣的問題呢？」

古莉莉便將剛才在電話中跟黃警官說過的事情，又複述並且追申了一遍，黃警官在一旁聽著，這次，他拿出了筆記本，謹慎地寫下每一個細節。當然，這些事情在古莉莉報案的時候就聽過了，他只是要再次釐清。黃警官沒有開口提問，不只是怕打斷古莉莉的記憶迴路，更因為他知道那會干擾漢克的觀察與判斷。

上周六，古莉莉最後一次跟雅欣見面，是在東區一家美式餐廳。那時候看雅欣還很正常，跟平常一樣愛開玩笑，吃沒幾口薯條就要沾著滿手油膩滑手機，得讓古莉莉像個媽媽一樣替她抹手擦腳。雅欣是古莉莉的大學同學，後來古莉莉畢業就去工作，而雅欣選擇繼續升學念碩士。

「我知道雅欣過得不是很好，但她也不是那種只會強顏歡笑的人，有什麼困難或過不去的點，她都會跟我說。所以那天我看吃飯的氣氛不錯，她也有說有笑，就沒起疑心去多問她什麼了。她啊？就因為幫一個學妹出頭啊，跟教授告上法院，現在書也念不下去，辦了休學，大概研究也做不出來了吧。張教授是那個研究領域裡的第一把交椅，不管雅欣想從什麼路數、用哪種研究理論，都避不開要跟張教授碰頭的。」

這樣的事情在學術圈時有所聞，但漢克距離那個圈子太遙遠，他只能稍微想像是一個被酒界大老們全面封殺的調酒師，大概最後的去路就是轉往白天的工作，可能到咖啡館裡打打雜工什麼的吧。調酒師一輩子都離不開吧檯了，只要有吧檯，調酒變成泡咖啡，應該也是可以、甚或也是必須要適應得來的。

「來，這是你的特調，還沒有取名字。」漢克堆上了笑容和他最為得意的特調，趕緊補問了一句：「是為了學妹的什麼事情要跟這種狠角色過不去啊？」

「就，就有一個學妹，可能是被張教授性騷擾吧，雅欣看不過去就幫著出頭，跟張教授槓上了。」

「可能？」

「因為詳細的情形我也都只是聽雅欣說的，我對那個學妹也不熟，所以不敢確定。」

「照這樣說，你比較相信張教授的為人嗎？」漢克聽出了古莉莉的語意，即使整起事件都是出自那麼相熟的同學雅欣所說的，古莉莉都還有點存疑：「一般來說，性騷擾或性侵的事情是很私密的，當被害者跳出來的時候，很多人會有一種『這種事情怎麼會說謊呢』的想法，來認同被害人片面的證詞。這是很正常的。除非對被害者或加害者任何一方有更透澈的了解，那情況就會跟你一樣，不敢隨意下定論。」

「怎麼說也是上過兩年課的教授，在系上他的風評也不錯，結婚二十幾年，常常提到他的三個女兒。」古莉莉這樣講，彷彿是沒有幫自己的好同學說話，臉上的表情瞬間有點尷尬：「還是兩屆師鐸獎的得主。我知道這些都不能代表什麼，但我聽說跟我見過的張教授，是個正人君子。也許雅欣知道的跟我有出入吧。」

「那，雅欣有說過大概的情況是怎樣嗎？學妹怎麼找上她的？」

古莉莉想了一下，這方面雅欣似乎說得也不是很周延。這不，就是古莉莉一直無法釋懷的點。但可以知道是學妹主動找上雅欣，兩個女孩，就在雅欣的套房裡，喝了點小酒，學妹忽然哭了，娓娓道出張教授對她做的事情，希望身為張教授指導學生的雅欣可以給點建議。這才是學妹來找雅欣的動機。當天晚上學妹睡在雅欣那裡，古莉莉很確定這點，因為本來古莉莉跟雅欣有約，就是學妹找上門了，臨時取消了兩人的約會。

「你們本來約了幹麼呢？」

「也是吃飯啊，兩個女人喝點小酒。」古莉莉說話的時候，笑容淺淺的。好像又想起了雅欣的樣子。但也不過一眨眼，臉就垮下來了。

「所以應該是那位學妹在提防著你。可是也沒必要不是嗎？」漢克腦筋轉了轉：「最該提防的其實是雅欣，你都已經離開校園那麼久了。」

古莉莉一臉茫然，好像還墮在謎團與回憶裡。

侯漢克話鋒一轉，問起張教授的狀況：「你覺得，張教授會不會是刻意要塑造出把家庭看得很重的形象？」

「也不是，就是很自然的那種愛家的男人吧。我大概可以理解雅欣的顧忌，所以那天晚上我被放鴿子；但我不知道她口中的學妹是個什麼樣的人。」

「愛家跟外遇，往往也是可以不相違背的。」漢克拿起了一顆蘋果，俐落地切出了一個蘋果塔的雕花，老練地說道：「所以你說的那位雅欣，她怎麼了？是自殺了嗎？」

「這個，這要問黃警官。」古莉莉先是驚訝地看著漢克劈頭就往自殺的地方猜，接著便眼神猶疑地望向黃警官：「我不知道報告出來了沒。可，可是，你怎麼會猜雅欣自殺了？」

「你說的啊！最後一次見到她是上周六，也就是後來你就再也見不到她了。而你又往她最近的生活開始說起，擔心她的狀況。碰上這種走投無路的時候，人是很脆弱的。」漢克也給自己倒了一杯琴酒，一反常態，他在上班的時候主動地喝了自己喜歡的酒。

「嗯，是安眠藥服用過量沒錯，但是，有點怪。」黃警官發揮了他當差多年的直覺，從雅欣的最後一餐開始質疑整起事件：「解剖和化驗的結果，死者的最後一餐吃了螃蟹跟滷肉飯，現場她的獨居套房也有這些食物的包裝袋和便當盒。更精確地說，她吃了毛蟹。」

「你不相信，她只是想要做個滿足願望的飽鬼？」漢克反問道。

「也不能說不信，就是，有點怪怪的啊。」

從自殺者的一些生前習性，可以探知自殺的動機，或是挖掘出他人加工自殺的軌跡。漢克對於吃毛蟹後服用過量安眠藥自殺這件事情，倒不覺得有什麼怪異之處：「莉莉，我可以這樣叫你吧？你所認識的雅欣，這個人，她對毛蟹有什麼樣的評價或喜好呢？有愛吃到必須列為死前最後一餐的程度嗎？」

「有！」古莉莉的證言直接打破黃警官的第六感，黃警官眉頭深鎖地聽古莉莉說起雅欣對甲殼類海鮮的熱愛，這段倒是先前聞所未聞的：「雅欣不只喜歡吃毛蟹、鱈場蟹；還有油飯上的紅蟳、旭蟹；焗烤琵琶蝦什麼的，只要是要剝殼的，她都愛。每年十月都會到超市買一堆大閘蟹，蒸的煮的怎麼都吃不膩；去年還拉著我一起飛蘇州，就為了嗑蟹。啊還有，她也喜歡山產野味，愈當令、愈難得的，她都會想嘗一嘗。」

「那她也吃蛇嗎？」黃警官終於忍不住插口一問：「她房裡有一瓶蛇毒丸，我們已經送去化驗了。」

「這我不曉得，沒看過她吃什麼蛇毒丸耶！」

「嗯，那她十一點跟你通過電話，約了下午一點要一起中餐。」黃警官審慎地分析時間順序：「按照消化程度來看，差不多就是通完電話，十二點前不久就吃了毛蟹跟滷肉飯。明明約好了一起吃中飯，她卻自己先吃了毛蟹跟滷肉飯，而且吃完就服藥自殺了。這不合常理吧！就算有留遺書，但那種遺書要寫個十份八份都沒有什麼法律效力，所以我才懷疑這不是單純的自殺。」

「遺書我可以看看嗎？」漢克問。

「可以。但僅限今天、此刻。」黃警官進退有據，他畢竟不是那種有了私家偵探就兩手一攤的懶鬼警察。

遺書是這麼寫的。不，是這麼「打」的：

我對不起大家，不是故意要造成這麼大的風波。是我誤解了學妹的語意，自己糟蹋教授的用心，願最後能得到教授的原諒。寫下遺書希望挽回系所的名聲，這次事件讓我深深覺得有必要為此負上責任，份內的事情我會盡力。遺在世間的親友們請原諒我。P.s.書都留給我心愛的古莉莉。詹雅欣　絕筆。

整封遺書都是用電腦打字後列印出來的，只有詹雅欣三個大字是用藍色原子筆簽上去的。甚至連絕筆二字都是用電腦打的，好像是預先弄了一個遺書的格式，純粹讓詹雅欣這個甲方當事人簽名了事而已。

「我可以再問一下嗎？」漢克把遺書還給黃警官，還有一件事情他不甚明白：「雅欣是莉莉你發現的吧？你是怎麼發現的呢？」

「我們約了一起吃飯啊，但她一直沒接電話，我快一點左右就到她家去，開門就看到她倒在平常吃飯用的茶几上。」

漢克試圖要從古莉莉盡了全力的鉅細靡遺中還原現場，但聽了幾次，還是缺了很多小細節。整個雅欣的面目依舊是模糊的，那就更別說什麼教授、什麼學妹了。漢克想著雅欣獨居的那間套房，大概會是什麼樣子。

「嗯，黃警官，明天你還放假嗎？」

「放啊，你是想去看現場吧？」黃警官也能察覺漢克的心思，就像漢克一樣。

「可以的話當然是最好的。」

「可以，但僅限於明天，一整天。」

黃警官當然是早就安排好這一天有批鑑識科的人員會到詹雅欣的套房進行地毯式搜索，所以他大方地答應了侯漢克提出的要求，難得准他跟著警方一起辦案。但到了當天，在時間流程上還是有一點點誤差，黃警官跟侯漢克先一步將整個場地勘驗過一趟，現場只有黃警官跟侯漢克，趁著鑑識科人員還在路上的時候，黃警官就把侯漢克半哄半騙地帶出詹雅欣的套房。

「我還以為可以跟你的同仁們一起行動呢！」

「不好啦，局裡會說話。而且我這是要帶你去第二現場呢。」

「慈聖宮嗎？」侯漢克撇頭瞄了黃警官一眼。

「你已經知道了？」

「距離這邊，一個小時車程內可以吃到毛蟹的，就只有大稻埕的慈聖宮了。整個臺北市也沒幾個地方買得到毛蟹。」侯漢克根據古莉莉和雅欣的通聯記錄，以及被古莉莉發現的時間推算，雅欣生前最後一餐就是在慈聖宮買的：「她跟古莉莉通完電話，才吃到毛蟹的，對吧？如果是她自己去買的話，這裡距離她的套房，來回不用一個小時，也就差不多是吃下毛蟹的時間。」

「可惜沒有拍到她買毛蟹走回套房的畫面。」

「那有拍到什麼可疑人物的畫面嗎？譬如說，有哪個人和雅欣在某個地方碰面之類的？」漢克當然也想過是別人買了毛蟹給她，然後在毛蟹裡動手腳。

「沒有。」

「嗯，那就難辦了。」

到慈聖宮的時候，黃警官熟門熟路地抓了兩張鐵板凳，請侯漢克坐下。才剛剛屁股坐穩，那賣毛蟹的婦人就上來攀談了。

「黃警官，今天也一樣，一對嗎？」

「來兩對，我朋友也一對。」

「好好好，等我一下喔。」

「嗯。」

那婦人轉身去給毛蟹開背剪腿的時候，黃警官才慢悠悠地說：「我一聽說是毛蟹，就先想到這裡。因為我也是這邊的熟客。沒想到會變成破案的一條線索。」

「你說鑑識人員在雅欣的套房裡都找到了些什麼？」

鑑識人員打開雅欣的冰箱，裡面都是飲料和啤酒，兩罐醬菜。沒有正經的食物或女孩子常備的甜點零食。冷凍庫只有冰塊，和一支高腳雞尾酒杯，空盪盪地冰在那裡。

「所以雅欣平常會自己喝兩杯啊，還挺講究的。」漢克聽得出來，冰杯的手法已經算是進階玩家的級數了。

在雅欣成疊的書堆中，除了那準備要用來凍飲但還未開瓶的伏特加之外，還有一瓶用透明膠囊裝著土黃粉末的藥丸，上面寫著「蛇毒丸」三個大字。鑑識人員驗過，那就是一般的中草藥提煉物，混了一些蛇骨粉，至於所謂的蛇毒，含量極低，而且經口吞服又沒有碰到傷口黏膜，毫無毒性可言。就是華西街一瓶千元起跳的補品。

「你們愛吃毛蟹的人，也會對蛇肉有興趣啊？」毛蟹上桌的時候，侯漢克笨拙的拆殼手法，凸顯出他對甲殼類的陌生；反觀黃警官，不出兩分鐘，一隻毛蟹已經剔得肉是肉、殼是殼、黃是黃了。

「也不是這麼說，就是對吃的，都會有點興趣吧。」黃警官提到了第一次鑑識人員的發現：「古莉莉不是有說，雅欣對於吃補品、吃當季食物，有一種異樣的熱愛。像我就不會專程飛去吃大閘蟹，更別說買蛇毒丸這種跟鹿茸酒一樣欺瞞觀光客的假藥了。我寧願吃B群。」

「那今天的結果，什麼時候會出來呢？」

「待會他們就會撥電話來，我們就慢慢吃飯，耐心等吧。」黃警官的權責本來也就不包括鑑識的部分，即使是自己接手的案子，還是必須相信現場的指揮官會確實地把他們的任務完成，並順利交接。

「你覺得，如果不是自殺，那會有什麼可能？」

「很難說，你看古莉莉把張教授形容得這樣，而且法院的程序他們雙方都很遵從，沒道理在這個時候忽然買凶或自己行凶殺人。」黃警官說：「按照法院最近一次的宣判，還是雅欣敗訴，要登報道歉。張教授根本沒理由殺人。」

「可如果是自殺，就真的有那麼充足的理由嗎？」侯漢克盡力地在思考蛇毒丸、毛蟹、滷肉飯、慈聖宮、表格式遺書等等，這些物事的關聯性：「蛇毒丸可能一顆都沒毒嗎？會不會有毒的部分剛好都讓雅欣吃進肚裡，跟安眠藥的藥效混在一起了所以驗不出來？」

「等一下等一下，我拿筆抄一下。」黃警官把指頭吸了兩口，往褲管上一抹，從褲口袋裡拿出他的筆記本，把漢克的質疑都抄錄下來。

「如果是他殺，買毛蟹的用意是什麼？毛蟹真的完全都沒毒？有幾個人知道雅欣喜歡吃毛蟹呢？表格式遺書有可能是雅欣早有死意，存在電腦裡備用的嗎？你能請鑑識科的查一下，雅欣的電腦裡有沒有這封遺書的存檔，以及最後一次存取是什麼時候？」侯漢克的迴路很少會在早上的時候這麼清晰，或許要歸功於美味毛蟹的功勞。

「還有嗎？」黃警官如獲至寶，臉上露出了笑容。

「最後一個，就是想辦法連絡到那位學妹。」

「喔，如果就只是這些的話，那我都已經辦妥了，你放心吧。」黃警官自信滿滿地看著漢克說：「你想到的疑點，我也都估算到了，現在就等收網了。」

「還有最後一件事情，你沒注意到。」侯漢克說：「那位學妹連絡上之後，再請古莉莉來一趟吧。」

「還能有什麼事情沒注意到？」

「就在古莉莉身上。」

不肯繼續解釋下去的侯漢克，向隔壁攤的老闆要了一碗原汁排骨湯，喝湯吃髓這種功夫他倒是不落人後，一手拿吸管往排骨的骨髓中一戳，攪弄個幾下，所有的精華就下肚了。

鑑識科那裡很快就來了電話。

電腦裡面沒有遺書的檔案。還原系統也找不到。

蛇毒丸跟毛蟹，很確定不含任何足以致命的毒量。

雅欣愛吃蝦蟹、沒事還會打打野食，知道這件事情的人非常少。古莉莉是其中之一。

先一步發出去的兩部車子，很快就把學妹和古莉莉都載到雅欣的套房樓下。而黃警官也買了單，帶著侯漢克回到雅欣的套房。

剛到雅欣套房的樓下，學妹和古莉莉也剛到。

「這麼剛好，走吧，一起進去吧。」黃警官雖是這麼說，但這個時間差也是他安排好的。整起案件終於有一天輪到黃警官大顯身手，退居幕後或者說坐享其成的侯漢克，已經很久都沒這樣在外頭辦案，還被請了一頓毛蟹，連排骨湯都不用出錢，整個中午都有點小確幸的躍動感。

走進雅欣套房，現場都被放上了好幾塊寫有數字的小立牌，那些都是被帶走的證物遺落的位置。

「來，小心一點，不要破壞現場。」黃警官走在前頭引導，伸手向雅欣倒臥的那張茶几一比：「來，我們先坐吧，坐這裡，再來慢慢還原現場。」

順著黃警官的手勢，那學妹站在前頭，她往前走了兩步，沒有坐在雅欣倒臥的那個位置，而是撿了個雅欣左手邊的位置坐下。

侯漢克跟黃警官各坐一邊，學妹與古莉莉也各坐一邊。四個人就坐在詹雅欣最後倒下的那張茶几，侯漢克則恰恰坐在雅欣最後的位置上。或者說，其他三個人都刻意迴避了雅欣坐過的那個位置，空著給膽大的漢克坐。

大膽的漢克便率先開口，彷彿是雅欣在那個位置活了過來，替自己審問案情一般：

「來，你們誰要先說呢？」

「說什麼？」兩個女人異口同聲地看著漢克，不知所以。

「你們都沒講實話啊，你們誰要先說？」

古莉莉顯得有點焦慮，她看著侯漢克，兩個人不過就對上了一眼而已，侯漢克衝口就是一句：「你為何會有雅欣家的鑰匙？又知道雅欣這麼多的事情。你們從大學交往到現在吧？」

「對。然後呢？」古莉莉不躲不閃地承認了她跟雅欣的關係。

「是學妹的事情讓你對雅欣起疑了嗎？」漢克從古莉莉的態度轉變著手：「所以當她跟你說了學妹的事情之後，你反而不相信她。你其實對於那天晚上被放鴿子，心有不甘吧？」

「要說沒有，是騙人的。但我很快就原諒她了，所以上禮拜六才跟她一起吃飯，然後又約她吃中餐。」

「但以交往中的見面頻率來說，你們這樣有點疏遠了吧？」

「是，不過那是她最近提出的。她心煩的事情太多，希望能冷靜一下。」古莉莉拿出手機自清：「不然在這之前，我們幾乎都是天天見面，然後我才回我爸媽家的。」

「嗯。好了，我對你沒有任何問題了。」漢克說罷，別過頭去看著坐在古莉莉對面的那個學妹。她留了一頭長髮，披在肩上，像一面水瀑；兩顆眼珠子透亮地在說話，當漢克跟古莉莉在說話時，就不時地在兩人的臉上打轉著。

「你為什麼不敢坐我這個位子？」侯漢克劈頭就重重一記往學妹身上砸：「是不是因為雅欣最後是坐在這裡走的？在場我們這四個人裡頭，你應該不知道哪個位子可以坐，哪個位子不能坐吧？可是你剛才很明顯避開了我這個位置，不是嗎？」

一個大學在學的小女生，哪裡禁得起這樣的追問，沒兩句話眼淚就掉下來了。一語不發，深怕說錯了話。

「你不敢說嗎？什麼張教授，根本就是你編造出來的藉口，用這個來親近雅欣，你也是很迷戀她吧？想用這種方式來獨占她。」漢克所說的，黃警官不知道的事情，就是這椿。但下一秒，侯漢克生平頭一遭被這樣神打臉。

「沒有，我沒有！」學妹哭喊著說：「我是真的，真的被那個教授給……給……」話說得斷斷續續，要描述自己生命中無可言喻的痛，彷彿是痛兩回。

「給怎麼樣，說清楚吧。」古莉莉這時候沉不住氣了，但也是這樣，更可以確定她不可能由愛生恨就殺了自己的戀人：「把雅欣搞到這個地步，都是你！」

「誰叫她要管閒事管到這個程度！」那學妹一聽到古莉莉的聲音，就驟然暴怒：「我只是，我只是突然沒辦法接受這個事實，想說找她來吐吐苦水，結果她把事情搞到那麼大，還害教授家裡差點鬧革命。」

「你怎麼忽然開始幫教授說話了呢？」黃警官也不懂，現在的女孩子究竟在想什麼。

「那是我跟教授的事情，教授已經答應我，要給我我應得的，我要她不要再追究，她偏不肯。她就是要死咬著教授，自以為正義之士！她活該！」學妹終於忍不住，把她做的事情都說出來了：「是，是我買了毛蟹給她，那天晚上我就知道她愛吃這個，但我也準備了安眠藥給她，當然，要逼她吃下那麼多的安眠藥也沒那麼容易，我在毛蟹裡面就已經放了一點。」

漢克看著這個大學小女生一邊自白，情緒卻一邊崩解的樣態，心有不忍，便搶過她的話頭，自顧自地說了起來：「你趁雅欣半昏半暈的時候，拿刀子架著她，要她寫遺書，但她太昏了，沒辦法寫出完整清晰的筆跡，所以你就逼她用電腦打字的。用了她自己的印表機印出來，讓她簽名。可惜這種表格般的遺書，很快就引起我們的疑心。我猜雅欣那時候應該是想，如果不做，那就是一刀封喉；照著做了，等到一點的時候古莉莉會來，趁那時候趕快洗胃，說不定，說不定還能救得回來。」

「你又知道了？」那學妹聽完卻一臉鄙夷。好像對漢克的舉措一點都不領情。

「黃警官，詹雅欣的遺書借我一下。」漢克聞到這樣的味道，也就不願再容忍退讓了。

「喔好。」黃警官從外套口袋拿出了詹雅欣的遺書，漢克一接過遺書，隨手從雅欣的電腦桌上抄起一支鉛筆，急匆匆地在遺書上圈圈點點。點出來的結果就變成這樣：

我對不起大家，不是故意要造成這麼大的風波。是我誤解了學妹的語意，自己糟蹋教授的用心，願最後能得到教授的原諒。寫下遺書希望挽回系所的名聲，這次事件讓我深深覺得有必要為此負上責任，份內的事情我會盡力。遺在世間的親友們請原諒我。P.s. 書都留給我心愛的古莉莉。詹雅欣　絕筆。

「我、不、是、自、願、寫、這、份、遺、書！」古莉莉聽完漢克念出了雅欣最後的訊息，已經哭倒在桌上了。

「沒想到有你這麼狠毒的人。」漢克最後又補了一刀：「慈聖宮的毛蟹攤附近或許捕捉不到你的身影，但你要記得，蛇毒丸這種東西不是天天在賣的，而且一個大學女生跑上華西街買蛇毒丸，很容易就會被老闆記起來。」

「什麼意思？」黃警官問。

「這女孩，她不只買了毛蟹，還買了蛇毒丸。莉莉不是說了，她不記得雅欣有在吃蛇毒丸？當你問到蛇毒丸的時候，身為雅欣的女朋友，卻從未見過這樣東西，那就擺明了是別人買來的啊。想用這種東西來誤導辦案，太天真了。你可以儘管抵賴，只要我們上一趟華西街，你就沒機會了。」

只見那大學女孩什麼話都說不出來，甚至，連眼淚都不知道從何落起，呆然看著地上那瓶被挖走一半去化驗的蛇毒丸，渾身的靈魂彷彿被蛇吻一咬，凝結在飄渺虛無間。

破案那周的星期六晚上，侯漢克才把那杯紫色的調酒，取了「納迦之毒」的名字，永遠記得自己曾經被女孩子的複雜心思神打臉過。大概他揣摩一輩子都很難真正理解女人的想法吧。

般若湯

成分

Vodka
Gin
Rum
Tequila
Whisky
Triple Sec Liqueur
L. J.
Litchi Liqueur
Melo Liqueur
Peach Liqueur

原以為是跟平常一樣的例行性臨檢，就在漢克不甘不願地拿出執業證照的時候，那名臉孔消瘦拔峻得有點刻薄的警官，毫無意外地用很差勁的口氣直呼漢克的全名，並且要他好好配合不要作怪。

「侯漢克，請你配合警方辦案。」

「辦案？不是臨檢嗎？」

「不是，有一樁命案，可能跟你，或者跟這間店有關係。」那名警官凜然地說道：「我必須要詳細地問你一些事情。請你務必照實回答。」

「黃警官，我們都那麼熟了，對不對？不管怎麼說，我的客人都還在，有什麼事，到我休息室去講，可以嗎？」漢克不想因為這沒來由的惡煞，影響了酒客作樂的心情。今天可是星期六，上班族們好不容易盼來的美妙假期，而警察無異穿著制服的煞星，專門到各大趴場去破壞氣氛的。只是這位黃警官雖然苛刻，但是看漢克都還很願意配合，就留了兩名員警對一般酒客進行例行的臨檢，另外帶了一名看起來很菜的新人，跟著漢克一起走上二樓的休息室。

漢克好懊惱，他怎麼就沒看到店門口停了至少兩輛警車呢？還有，資深的黃警官怎麼還會出勤臨檢呢？臨檢就動員這樣的陣仗未免太看得起 KARMA 了。

隱身在巷弄間的小酒館 KARMA 是獨棟的建築，一樓作為店面，已是最大的使用空間了，二樓僅是閣樓，稍加裝潢過，還堪作簡單的招待所；但上來過的酒客，幾乎都是相熟五、六年以上的。平常不開放的閣樓，一張工作桌和疊合式躺椅，就將它闢成了一個可以坐、可以臥的休息小間。沒有三樓，位處在大城市邊邊角角的小酒館 KARMA，很稀有地是間只有一層半的獨棟屋。如果打烊得晚了，酒喝得多了，一時半刻不能騎車回家的時候；或者是需要冷靜沉思，被客人的委託案件困惑的時候，漢克都是一個人睡在店裡的。

KARMA 在這條巷弄裡，與鄰居為善。儘管有時候會被抱怨招牌燈太亮，但也有鄰居就著招牌燈找到走失貓狗的例子；有時候會被投訴半夜的樂聲喧鬧聲擾人好夢，可偏偏這樣的噪音吵醒了對面二樓獨居的楊老先生，他氣得要下樓罵人的同時，撞上了正在撬弄他家門鎖的夜賊，楊老先生大喊抓賊，拿著枴杖與夜賊僵持不下的時候，第一個衝上樓去的，全都是 KARMA 的酒客。

到底是壯過了膽的，打老虎都不怕！

白天的 KARMA 則是落錢包、掉雨傘、小孩失蹤、大人離家等亂七八糟的尋物或尋人委託接都接不完的事務所。沒有祕書，沒有經紀人，只有一道狹窄的門縫，這裡的鄰居會從門縫塞進一張張委託單。委託單是漢克自己擬的格式，並且都有事先蓋上他專屬的戳印，只發給這附近的鄰居，當作是一種回饋。沒有委託單的客人，就必須選在晚上 KARMA 營業的時候，點一杯調酒作為交換。

也因為如此，漢克曾經想過，有一天會惹上來自警察的麻煩。他接管了警察不想碰的小案件，勢必要替這些警察承擔一點因果的。只是他沒想過這一天來得那麼快。

走進閣樓內，漢克打開了電燈，黃警官一個反手就將門帶上。

「黃警官，你別那麼嚇人好嗎？是什麼命案會跟我有關？」

「我們也很想知道。」

「什麼意思？」

「小沈，你把情形說一下。」

「是！學長。」那個小菜鳥驚慌地拿出他的筆記冊子，照本宣科：「七月六日，就是今天，早上九點接獲報案，有一位綽號寶哥的商人張晉寶陳屍家中，被妻子發現的時候，已經全身冰冷。」

「寶哥？怎麼會？我們昨天才見的面耶！」漢克這下倒聯想起來了，關於昨天寶哥的異狀。寶哥昨天到店裡的時候，跟漢克說了很多從前開酒吧的往事，十點的時候寶哥一個人到店裡開喝，說話的時候手勢特別多、特別大，深怕別人看不到。喝到十二點多一些就走了。「哎呀！難怪。」

「難怪？」

「對啊，難怪他昨天會來，還忽然說了好多很久遠的故事。」漢克腦筋一轉：「他是自殺吧？自從他的酒吧倒了之後，好像做什麼都不太順利的樣子。」

「關於這個，就是我們來找你的原因。」

「怎麼說？」

「嗯……因為調查了一下他的近況，很難說他是自殺。」

「什麼意思？」

「我先問你吧，他昨天幾點離開的？喝什麼？見了哪些人？怎麼回去的？」

「哇，你真的當我是凶手嗎？」

「不，我們研判，你是最後一個見到他，並且也是最後一個跟他說話的人。」

漢克開始運轉他的迴路，而實際上那個過程很快，他只是拉了兩張椅子請黃警官跟小沈坐下，自己也才剛坐在工作桌前，就已經想起寶哥的全部了。

因為那不過是昨天，甚至未滿二十四小時以前的事情。除了他來得早、離開得也早，講了很多往事之外，他喝了一支 Guinness 黑啤，喝得很快像灌可樂一樣。接著是他說喝膩了一般的酒，要漢克弄個最新的特調。這期間，寶哥沒有和人攀談，他只是不斷攤著手掌，在吧檯桌上擺啊擺地，感慨往日的風光。

「你調了嗎？」

「嗯。」

「調了什麼酒呢？用了什麼材料？」

「這個算是商業機密耶，也要告訴你們嗎？」

「當然！」

「我覺得有點不公平，都是我在說我的祕密，你們也不反饋一些什麼。」

「你不要討價還價，你先說，我看情況，當然會告訴你一些你本來不該知道的事情。」黃警官兩眼直看著小沈，那話卻像是在對漢克說的：「畢竟，你也是很有破案本事的人，我帶小沈來，也是希望他能跟你學點東西。」

「好吧！我給他喝的，是一種外面叫做『神仙水』的特調。」

「神仙水？不是加了禁藥吧？」

「沒有沒有！這名字本來是取好玩的，但是常常惹這種麻煩，所以我乾脆把它的配方改掉，然後連名字也一起改了，改叫『般若湯』。這大概是我今年最好的作品了。」漢克提起這個「般若湯」似乎很有自信的樣子。

「裡面有加什麼不該加的嗎？你寫配方給我。如果你介意的話，你的 ml 數就省略起來吧。」

「就是加了很多酒而已。」漢克從工作桌的抽屜，拿出了一大疊綠色方格子稿紙，取出薄薄的一張，將稿紙攤平，摩挲出沙沙的聲響像他啟動回憶的聲音。原子筆在手裡轉了幾圈，思考中的漢克謹慎地在格子內填入「般若湯」的配方：

Vodka
Gin
Rum
Tequila
Whisky
Triple Sec Liqueur
L. J.
Litchi Liqueur
Melo Liqueur
Peach Liqueur

黃警官接過稿紙的時候，也只有傻眼的份：「我不知道你的英文也這麼好？還會寫草書？」

「僅限於跟調酒相關的英文，我連替外國人報路都不會。」

「嗯，看上去這些成分應該是都沒有什麼問題。」黃警官當然是看不懂這整張酒單，但是因為學弟小沈在旁邊，他也只能煞有介事地點點頭。他想，至少還認得出前面幾個像琴酒伏特加之類的名字。那些都是早年在做員警訓練的時候，會反覆提到的單字，出勤臨檢或抓酒駕，這些相關的單字少說要認得一些。但也僅止這些，酒單後半張自威士忌以下，黃警官一概辨識理解不能。

這是很奇怪的一種現象。男人才有的現象。一碰上酒，幾乎無可倖免地每個男人都必須裝出一種很有品味，通透酒知識的樣子。最好還可以說自己在哪裡上過哪位名師的調酒課程，儘管那只是會用量酒器而沒有練過用酒嘴讀秒的幼幼班。但實際上，男人們真正熟悉的其實是酒後的醉態，以及酒後種種失態的記憶，透過友人再三的描述與調侃而逐漸鮮明。

「好吧，我就直接說了。」因為漢克的知無不言，黃警官決定把案情的全部都告訴漢克：「寶哥的太太寶嫂，他說寶哥是來找你借錢，打算東山再起的。但是今天早上在客廳發現寶哥的時候，寶嫂起先還沒想到關於你的事情，是她在驚慌與傷心的情緒裡，報了警，在我到達現場的這段時間裡，她慢慢沉澱，才想起寶哥昨天晚上的行蹤，與你有關。所以我想，調閱昨天你店裡的監視器畫面。」

「借錢？哪有這事？他情緒很高昂是真的，但沒有提到要借錢。」

「那我可以調閱你們的監視器吧？」

「當然！」漢克認為，監視器裡頭應該不會拍到任何可疑的畫面，昨天的寶哥雖然來得突然，但他並沒有借錢。監視器會證明一切的。漢克從口袋裡拿出一把小鑰匙，打開了一個專門存放監視錄影檔案的小鐵櫃，鐵櫃裡是一個小小的隨身碟。

「一般這檔案你都會保存多久？」

「至少一個月吧，這個隨身碟和鐵櫃我都是自己保管的。」漢克一面回答，隨身碟插上了工作桌的筆電，叫出昨天的影片檔案，播放十點到一點的片段。

寶哥一走進店裡，伸手向吧檯打了招呼。鏡頭拍不到的地方，是漢克工作的位置，只能拍到漢克的手，還有他拿酒瓶的動作。影片裡的漢克似乎也伸了手，請寶哥坐在吧檯區的高腳椅上。寶哥身形算是有點矮胖，頂上毛髮很稀疏，穿著緊身的藍色 T-Shirt，和卡其色的七分褲。與他陳屍在家中客廳的穿著一樣。

如漢克所說，寶哥一拿到 Guinness 的波浪杯，猛灌了一大口，打了個長嗝。他看向漢克，伸出了左手的掌心，掌心朝上，對著漢克上下擺了兩三下。

「他這是在幹麼？跟你借錢嗎？」黃警官看到這裡，要漢克按下暫停鈕。

「不是，寶哥昨天就這樣擺手、攤手，他一直在抱怨以前的事情。」

畫面上的寶哥，看起來很無聊，也沒去找其他酒客；他只是坐在吧檯上，而且好像嘴巴從沒停過的樣子，一直在找漢克講話。

「他真的沒跟你借錢？」

「真的沒有。而且，他跟我借錢，跟他自殺還是他殺有什麼關係？」

「他如果想借錢，就不可能會自殺了。」

「為什麼？」顯然有漢克還不知道的細節，黃警官不肯講。漢克大概想得到，一定是因為過去和寶哥的關係，而讓黃警官推論出寶哥來借錢的真實性。

「好吧。我們查出他最近正在整合財產，跟銀行問了一些關於貸款的事情，還跑了幾趟房仲，他似乎打算重新開店。這點跟他的太太寶嫂說的至少是符合的。而且，他會來找你借錢，也是可以說得通的吧。畢竟是你讓他倒店的。」

「那都是多久前的事情了？寶哥不是這種記恨的人吧。」漢克聽到黃警官這麼說，很不經意地笑了，但他卻也正在盤算這樣的可能性會有多高！寶哥為了以前的事情設局陷害他？還是有人操縱寶哥，設局陷害他？雖然說經營小酒館是很單純的酒水生意，但這一行畢竟是屬於夜的掌管，有些藏汙納垢的事情躲不掉。漢克被黃警官如此一提示，那七年前的事情也不得不納入他的審慎思考裡了。

「七年前，寶哥的店就開在這個巷口。」黃警官當然記得，因為七年前，他還忙著跑外勤的時候，寶哥的店和漢克的店都在他的轄區內。

「我不會忘記。寶哥那時候開的是暢飲吧，他這裡雖然才開了二年，但他在其他地方也開過七、八年的酒吧。他是我的老前輩、老大哥。」

「但是比不上你這未滿三十歲的小毛頭！」

「唉唷，黃警官你怎麼講話跟寶哥一樣？我們兩間店性質不同，客源也不同啦，沒有那麼誇張。」

「但是客人在哪裡買醉都是一樣的。你的店才來這條巷子開了一年，寶哥的店就倒了。沒道理一個在酒吧界混了快要九年十年的人，自己默默地就倒了，跟你有絕對的關係。開酒吧都是靠人脈、靠關係，以寶哥的人脈關係，本來可以不用把你放眼裡的。但是，你比他多了一個，任何酒吧都無法提供的服務。就是你的那個什麼，尋人尋物的，小伎倆。」黃警官言下的鄙夷之意，漢克也是個搶走警察生意的同行：「當寶哥認識的狐群狗黨也開始遇到麻煩，他們當然會找你而不敢來找警察，那時候，寶哥的店就慢慢地被你間接整垮了。」

「唉，這不是我的本意。」

「但是造成寶哥對你的恨意。」監視器畫面播放完了，而漢克配合畫面的陳述也告一段落的時候，黃警官決定說出他的看法：「我的判斷是，寶哥找你借錢，但是口氣不好，他在畫面裡好幾次伸出手掌，彷彿向你乞討的樣子，對吧？但其實他嘴裡在要脅你，要你拿出錢，好贊助他在別處重開酒吧，否則，他掌握了你的什麼祕密，對嗎？」

「我說過了，他沒有跟我借錢！我也沒有什麼祕密好讓他要挾的。」

「這個東西，你還記得嗎？」黃警官從他腰間的黑色帆布包裡，拿出一個鐵灰色的保溫瓶，但是整個瓶身都用夾鏈袋封緊了：「剛才在監視器畫面裡也有出現，寶哥最後是帶著這個瓶子走的對吧？你在這裡面裝了什麼？」

「那是，那是他外帶的酒。」

「什麼酒？」

「般若湯，是般若湯，他有跟我多點了一杯外帶，說是要跟太太寶嫂一起分享的。這個可以證明什麼？」

「證明你就是凶手！而且你甚至不敢告訴我寶哥有外帶酒的這件事情。」

漢克聽到黃警官這個傢伙憑著那隻在吧檯上晃啊晃的手掌，還有一瓶外帶的調酒，就斬釘截鐵地認定自己是凶手，雖然平常脾氣好，漢克也不免浮起了一絲絲的惱怒。但即使有點生氣，漢克認為還是不能放過這個套話的機會：「那，黃警官你倒是說說看，我是怎麼殺他的？」

「你在他的酒裡下毒，而且還很好心地讓他把毒酒外帶回家。今天下午法醫已經勘驗過了，酒裡面有除草劑。我早該想到了，你把除草劑跟酒搖在一起。」

「喔！你這麼說，那我真的百口莫辯了。」漢克像是投降一樣，歪著頭看黃警官說得金聲玉振，那種指著人大喊：「凶手就在我們之中」的情節在漢克腦中出現過不下一百次，但都沒有這次來得那麼震撼。因為宣判的手指正指著自己。

「跟我回局裡吧，雖然你已經無法適用自首了，但看在我們的交情，你乖乖說出實話，我還是會幫你想點辦法的。」黃警官作勢就要拿出手銬了，漢克這下心想不能再玩了，他得替自己找出證據，但是該怎麼找呢？漢克是寶哥最後一個見到的人嗎？

不對，寶嫂不是在家嗎？

「可以讓我見寶嫂一面嗎？我有事情想問她。」漢克急中生智，他打算靠寶嫂扳回一城。寶嫂一定知道些什麼。

「正好，她現在就在車上等我們。」黃警官說：「我早就知道會幫她抓到殺夫凶手，所以請她一起過來了。」

「請她到吧檯上，我問完了，就會跟你們走。」

「沒問題，大偵探！」黃警官語帶嘲弄，但是卻又屢屢准了漢克提出的要求，那種玩弄獵物的野貓性格，有點殘虐、幼稚。漢克看在眼底，很不舒服，但事到如今，破案才是關鍵，黃警官想耀武揚威，就任他去。

三個人走出休息室，而寶嫂也被帶到吧檯桌上了。她看起來很憔悴，穿著應該是代替睡衣的寬鬆長洋裝，腳上還蹭著一雙分不清是室內還是室外布拖鞋。

「寶嫂！」

「不要叫我，你這個兇手！」寶嫂的情緒會失控，當然是在所有人的意料之中。她穿得就像是喪夫的人。

「請冷靜，太太，在沒有開庭審理前，侯先生只能算是嫌疑人。」

「哼！我老公當年對他也不錯，還沒找人來砸他的場，他這樣，算什麼！」

「寶嫂，請你冷靜聽我說，寶哥的事情，真的不是我。」

「還不是你？就是你！少裝了，有哪個地方可以喝酒喝死人的？」寶嫂故意嚷嚷著，就是希望所有酒客都注意她所說的每一句話。那像是在替七年前倒店的寶哥復仇，報一個小小的老鼠冤。

「寶嫂，為了證明我的清白，請你看我調，我會調出昨天寶哥喝的那款酒，並且我自己先喝，你就知道不是我害寶哥的。」

寶嫂沒吭腔，漢克也不管她，在搖酒器裡裝滿了結實的冰塊，很俐索地抓起了工作檯上一支支安好了酒嘴的酒瓶，反手一拉，清透的酒液往搖酒器裡劃出美麗的弧線，飛濺在冰塊上。一手倒過，另一手隨即補上，漢克全用目測，就能看出需要的酒量。扣上搖酒器的上蓋，漢克嘩啦嘩啦地搖盪起搖酒器，不出三秒，搖酒器的外層就已經全都結了霜，他的手腕好像是裝在他手臂前肢的兩個額外的組件，靈活得像是接受了微電腦精準的控制。

黃綠色酒湯倒入杯中，漢克插上了三支黑吸管，自己截了一支，吸了一口，並且請黃警官跟寶嫂也來試一口。

「誰知道你昨天有沒有在我老公的酒裡下毒？今天演這齣，是什麼意思？」

「不，寶嫂，請你相信我，你只要喝一小口，就能證明我的清白。」

寶嫂很不甘願，但是黃警官也取了一支吸管，他喝了好大一口，像是沒喝過調酒的人那樣，倒嗆了好幾口。

「咳、咳、咳咳、真的、咳，真的沒有什麼，寶嫂，你就喝一小口，讓他死了這條心吧。」

「那，是黃警官叫我喝的，不是我賞你的臉。」寶嫂輕輕捏著吸管，啜飲了一點點，才到舌尖，她就嚷嚷起來了：「還說不是你！這跟我老公昨天晚上帶回來的酒，不就是同樣的味道嗎！酸甜酸甜，荔枝跟水蜜桃！你想用這樣蓋過毒藥的氣味嗎？該不會這裡面也有除草劑吧？黃警官，不要理他，快把他抓走！」
黃警官拿出了手銬。
漢克倒退了一步，但是吧檯裡面已經沒有退路了。
黃警官看著漢克，卻把寶嫂銬了起來。
「不好意思侯先生，浪費了你的時間。」
漢克看了一眼這該死的黃警官，居然利用自己來辦案。
是了，漢克早就懂了。黃警官沒有多說什麼，反倒是漢克隔著吧檯桌，看著驚慌失措的寶嫂被銬上了手銬，她還想要抵賴，漢克便開口制止她了。
「寶嫂，沒用的，你被黃警官陷害了。當然，我也是。」
「什麼意思？」
「黃警官，我可以說嗎？」
「說吧。我准你說。」
「寶嫂，當黃警官告訴我，寶哥最近在調錢的事情時，我就覺得有點奇怪了。依照他跟我的交情，昨天晚上他應該會提到一點點，要重開店的事情。但是他什麼都沒說。」

「他為何要跟你說！是你害我們倒店的！」

「如果真的跟你講的一樣，寶哥是來找我借錢的話，他當然要跟我說！」漢克搖搖頭說道：「你以為這樣萬無一失，但實際上，錯了。」

「什麼意思？」

「我說，我剛才調的酒，你是什麼時候喝過的呢？你怎麼那麼篤定，和昨天是同一款酒呢？」

「我……」

「你要不就是誣賴我，要不，就是你昨天真的喝了寶哥帶回去的般若湯。那麼，你怎麼沒事呢？」

漢克見寶嫂沒有能力招架，又繼續說道：「寶哥自己講了，他外帶酒是要跟你一起分享，也就是說，他知道你沒那麼早睡；實際上，昨天寶哥很早就離開了，所以他回到家的時候，寶嫂，你應該還醒著。你才是最後一個見到寶哥的人。」

「那，那又怎麼樣？這改變不了你在酒裡下毒的事實。」

「不，寶哥是自己服毒自殺的，他就是很單純地喝下了大量的除草劑。至於保溫瓶裡的般若湯，那些除草劑是你事後倒進去的。但是在倒之前，你喝了一點點，無非是為了今天來指控我的時候，你可以描述得出那種酒的味道。」漢克很有把握地說：「你當然認得調酒，畢竟你是寶哥的太太。而到時候，你就會說你昨天只是淺嘗，就吐掉了，這樣就能解釋為什麼你喝了你所謂的毒酒，卻可以活著來指控我。」

黃警官看著漢克，點點頭，示意讓漢克繼續說下去。

「我當然也有證據，那就是監視器的畫面。監視器畫面拍不到我，但是拍得到我調酒的手，因為那是我用來觀察員工有沒有浪費酒水或是調酒是否有按照我的程序與配方。所以，只要定格看完昨天和今天的監視器畫面，對照我調酒的手法，就可以證明這兩款是同樣的酒，沒有添加什麼除草劑。事實就是，你說謊！」

黃警官很奸詐地押著寶嫂的肩膀，讓漢克盡情地說。難怪他明明要來訊問漢克卻又對漢克的要求百依百順，這豈是對一個嫌疑犯該有的禮遇！

「按照寶哥昨天晚上的說法，這七年，你們算是過得很差很差，也許就因為如此，你們放大了對我的恨意，打算與我同歸於盡。寶哥和你商量好，他去跟銀行借貸，反正放棄繼承的話，你也不必背債。寶哥把財產清點完畢後，製造尋找店面的假象，然後跑到我店裡來，哼，搞些揮手擺手的小動作，想誣賴我，害我入罪！寶哥外帶我的調酒，服除草劑自殺，然後再讓你來加工，目的就是為了要讓當然繼承人的你，出面對付我，完成這起無聊的復仇，討回你們的所有。」漢克搖搖頭，嘆了口氣：「黃警官把你騙上警車，說是要來當場逮捕凶手，並由你來指認。實際上，卻是要逼我在最短的時間內，想出整個事件的破綻，好讓真正的凶手，也就是你和寶哥他自己，伏首認罪！」

漢克說完的時候，兩廂掀起一陣掌聲與歡呼，他這才發現店裡的酒客都已經圍在一旁，像聽一個來自遠方的古老故事那樣地聚精會神；聽到漢克的斷案如此犀利，酒都醒了一半。

「黃警官，我該感謝你，一開始就很信任我嗎？」

「不，是我要感謝你，替我幫學弟小沈上了一課。」

因為是來自警方的委託，所以黃警官留下新人小沈。剛到隊上服務的新人，絕對不敢回去亂說什麼：「黃大警官破不了案，發包給私家偵探解決」的謠言。

反之，新人小沈會以這次的經驗，當作往後破案的範例與榜樣。

黃警官很快就會再培養出新一代的「黃警官」。

琉璃光

成分

含瑪拉斯奇諾櫻桃酒，綴上兩顆糖漬櫻桃。

酒色口感

酒底帶了一點點暗紅，透明、濃烈，但是極為甜膩的一支短飲型調酒。

微雨的夜晚，熟客蕾貝卡拉了兩個精緻的人兒來吧檯前報到，儘管在蒙上了乙醇的微弱昏暗燈影中，漢克依舊可以看得清楚，那兩個人兒，男人兒，瓷娃娃一樣剔透無瑕，身材凹凸有致，胸是胸，屁股是翹屁股，露出了初夏的兩隻無袖吊嘎胳膊，血脈賁張碗公大的三角肌，一左一右，護法似地夾著大姊頭蕾貝卡，出現在禮拜五小酒館KARMA正忙的時候。他兩人回頭環顧了一下店裡，硬是把這裡頭的氣氛給凝住了，酒客們也都望向這兩個絕世不出的天菜，從未見過這樣完美無瑕的人。

其實，剛剛他們三個人在外頭收傘瀝水的時候，就有人注意到他們了，包括漢克也透著玻璃門在觀察著。蕾貝卡手上那柄印著經典紋樣的LV傘依舊招搖，但怎麼也敵不過這這兩個男人兒擎著的那把二〇一三年不改絲巾斑斕風貌的愛馬仕豔橘傘；本來瀝一瀝，把傘擱在傘架就是了，但隨著蕾貝卡將傘順手塞進包包的舉措，那撐傘的本來要把傘放在傘架上，卻被另一個應該才是傘主人的男子奪了過來，也學蕾貝卡將傘藏入包包。名牌傘擱在外頭畢竟也太粗心了些！

「哈囉～」這才推門進來，走進門內的時候彷彿店內的燈光目光都打在他們身上了，漢克忙不迭地送上三杯水，瞧了蕾貝卡一眼，蕾貝卡接住那目光，心裡頭有底，也掃回來半句話。

「你別瞎猜！」

「猜？猜什麼呢？」

「猜我跟這兩個天菜的關係啊。」

「不，我不猜那個，我猜的是這兩個天菜的關係。」侯漢克也是老江湖了，那樣無懈可擊的一對玉人兒，說是直的，叫人難信！而且當他們一靠上了吧檯，蹬上了吧檯椅，一個是麻花捲般纏了腿，屁股斜倚一邊像山傍著山；另一個渾身是半斗半斗的麝香、柑橘、桂子、馬鞭草往人臉上撲。這樣的印象刻板了些，但再加上那精雕的山根與細琢的眉心骨、沒有一絲斑疤痘瘡的臉、藏在衣服底下顯瘦的扎實有肉，不說衣服褲子鞋襪傘和包，什麼露出半截的內褲頭都還沒瞧見，侯漢克已經可以確信，這兩盤天菜要不是一對，要不是姊妹。

有一種狀況是侯漢克目光利銳，感應能力不輸給彎的原廠雷達；另一種是扭曲性別意識的影像作品看太多了，半恐同地把曾經接觸過的偏見與歧視投射在這兩個人身上；再一種，就是這倆人壓根就不吝於展現自己的每一寸，把陰的那面和陽的那片都展露在同一張臉上了。

「那就得讓你來頭疼一下了，猜看看他們究竟是什麼關係。」蕾貝卡語帶玄機地，一手扶在那個斜屁股的男子肩頭上，說道：「這位是尚恩，旁邊那位是班森。今天抓這兩個弟弟來，是我的意思，漢克，看在我們的交情，你幫幫他們吧！」

蕾貝卡又指了一下那朵香氣濃烈會走路的花：「班森比較慢熟，你們聊，我去上個廁所。」

自從坐上了吧檯椅，就靜靜地，尚恩和班森互不交談，似乎還刻意躲閃對方眼光，歪著頭撇著臉，沒給漢克好眼色瞧；漢克倒不在乎，愈是戒備心高、臉上表情平淡或特別浮躁的，反而給足了漢克觀察推敲的好機會。

「要幫，也得有個起頭，看要怎麼幫、幫什麼啊。」

漢克的話砸在蕾貝卡的背影，被她給踩在高跟鞋底下，沒搭沒理。逕自走去廁所，進門前蕾貝卡才撇下一句：「你的本事不該只有這點！」

沒奈何，漢克瞄了歪著屁股的那個尚恩一眼，俐落短髮幾近三分服貼在腦袋瓜上，但又有一點點層次藏在裡頭，剪得奇巧像老盆栽特意鋪上的深苔，每一寸都經過嚴密的計算；穿了耳洞可是空盪盪地沒掛東西，手上也沒有戒指、手環、木珠等等，就一只看起來至少要三萬起跳的名牌錶，在手腕上囂張地折射著店裡的燈光。

低調，低到可以碰著河谷海溝的那種，卻可以從他極盡所能呈現S型的腰間，看見那一帶螢光大粉的寬版內褲頭；若隱若現地扭著身子，所有的低調都成了這內褲頭的配角。

「你覺得我跟他是什麼關係？」尚恩看漢克的目光黏在自己身上，黏了好久，便先聲奪人。他慵懶地闔上酒單，低眉挑了漢克兩眼：「你慢慢猜，不過，先給我一支百威。」

侯漢克轉身從冰箱拎了一支玻璃瓶的百威。心中又浮起了另一個偏見，關於Gay都愛喝百威的偏見。甩了兩下啤酒刀，將酒瓶蓋子撬開，「啵」地一聲將這不該有的偏見，虛空粉碎。把酒瓶往桌上一送，漢克補了個又短又利的問句，但那種問法其實已經是肯定句的形式了，為表尊重意思意思點一下而已：「你們住在一起，同居關係，對吧？」

答或不答，各有巧妙處。死不承認，也太矯情了點，想必漢克一定看出了什麼才會這麼說。侯漢克這樣一道破，尚恩還來不及詫異，班森倒覺得有趣了，他抬起頭來，點了一杯寒林之語；酒單上說是必點的特調：「那我喝這個吧，上面說是來這裡必點的。不過，在你調酒之前，你可以說明一下，為何你會知道我跟尚恩同居呢？還是說，你只是因為我們是Gay，就用了你那可笑的歧視偏見，認為我們在一起？」

從進店門以來就一直沉默低頭看酒單看到忘魂的班森，突然激起了猛攻。平常他不是這樣的人，但侯漢克的舉手投足，一言一笑，在他眼中都是招式，感應到這是個陷阱的他，警覺到有必要暫時與尚恩同仇敵愾一陣，免得什麼心事祕密都被眼前這輕挑的調酒師說穿看破。

「喔，很簡單啊，你雖然抹了香水，但是身上衣服的味道還是會透露出一點線索的；你衣服的味道跟尚恩一樣，應該是同一牌洗衣精吧。你們的頭髮也是同一種味道。雖然這種巧合並非不可能，不同家庭用到同一個牌子的沐浴乳、柔軟精等等，都是會發生的，但這畢竟也只是第一點。比較關鍵的是第二點。」

「第二點？」班森聞了一下胸口前的衣領子，確實所言不虛，就是他慣常在尚恩身上聞到的氣息。自己很難注意到自己的身上，但若是朝夕相處的人的氣味，肯定早已被暗記在腦海中，輕輕一絲絲香嗅散逸空氣中都可以聞得見。

「對，第二點。外頭這雨可不是剛剛才下的，」漢克話說一半沒頭沒尾，探頭望了一下玻璃門外，尚恩跟班森，還有上完廁所走回吧檯，瞧見大家都在望著窗外的蕾貝卡也跟著看了幾秒那片驟起來的夜雨，這時漢克才把後話說完：「已經連下三天了，而且一到晚上就風強雨大，不可能還有人這時候出門喝酒不帶傘的，尤其是會花錢買這麼貴的傘的人，應該恨不得每個禮拜都有一次讓名傘亮相。你們兩個人撐一把傘，至少說明了你們來的方向，或去的方向是一樣的。」

班森也認了漢克的本領，微微點頭露出佩服的笑容。那後話也就不必猜了，今天這對是來調解感情問題的。

蕾貝卡就爆出聲來：「對吧！我就說他一定可以解決你們之間的問題！」

漢克倒沒有打算就這麼止住：「細說起來，應該還有第三個線索，讓我知道你們同居的事實。」

「還有？」

「嗯，就是你們的鞋子。」

班森跟尚恩低頭看了自己的鞋子，班森是純白運動球鞋，滾了紅邊綁了紅鞋帶；尚恩則是最輕便的純黑帆布鞋。

「不懂，我們又沒穿情侶鞋。」

「不，是你們兩個人的鞋子上，都有同一種貓毛！你們合養了貓吧？這種毛色應該是橘色虎斑貓的。養過貓的人都知道，貓走到哪裡就可能趴睡在哪裡，大概這兩雙『鞋床』都曾經被你們的貓主子臨幸過吧！」

漢克隔著吧檯當然看不到他們的鞋子，但在KARMA的入口處，漢克特地裝了一排軌道投射燈，酒客經過那裡，漢克藉由黃光的探照，便能迅速地掌握來人的幾個特徵與細節。尚恩跟班森走進來的時候，為了享受店裡來的注目禮，稍稍在燈下緩了步伐；這才讓漢克有機會發現他們倆的鞋子上都沾染了棉花糖似，片片絲絲的貓毛。

「好了，你別嚇唬這兩弟弟了。說了那麼多也看了那麼多，你知道我們為什麼來找你了吧？」

「鬧不合啊！省點心力吧，何必呢？」漢克說這話，也沒準是看尚恩、班森，抑或是看蕾貝卡。
「你們誰要先說？」蕾貝卡才不管，就算她懂漢克的意思，這兩盤天菜端去哪裡都有人搶食，也不必特別在意小倆口的分分合合；但她就偏要操這份心。
「應該你比較想先講吧。」漢克伸出手掌示意讓尚恩講：「這段關係，主導權在你手裡嗎？」
「是，我想先講。」尚恩猛灌了一口百威後，說：「但我不想知道你是怎麼曉得我想先講或者我們之間誰主導，這不是重點。我想說，這三個月來，我過得很痛苦，但是他一點都無法諒解，根本都在忽略、逃避我們之間的問題。相處快十年了，為何會死在這短短三個月？」
「嗯，班森，你介意都讓他一個人先講完，然後你再補充嗎？」
「隨便！」班森拿到了他的酒，一口就是半杯，氣有點上來了。
「你看，他這三個月像吃了炸藥一樣，整個人都變了！」
尚恩一開始了他的絮絮叨叨，卻更見得班森的忍讓功力深淺。有好幾回，漢克差點誤以為兩個人要吵起來了，但班森卻像沾了水的引信一樣，怎麼也熱不起來，冰著臉，回應尚恩的責難與質疑。

「從來就沒有這樣對我！從來！十年了，我們大學認識到現在，一直都很要好，中間雖然有吵架，可是我們都約定好了，不會把氣帶到隔天，再氣也不能超過一周。也不知道是怎麼了，我可以感覺，他在躲著我。」尚恩說起了第一樁事情，就已經難掩怒火了：「以前他的手機都是任我用的，我先聲明，不是我查他勤，是我的手機每次都是用他的舊機，有新機都是他先買，因為他工作需要手機，我比較沒差，他的舊機就很夠我用了。所以他就乾脆也不設密碼鎖了，我們想借誰的手機都可以。當然，我也不會故意用他的LINE或臉書，單純就是打電話或上上網而已。有時候我會忘記帶或忘記充電，都是直接拿他的手機。可是，上次我要借，他就拖拖拉拉，好不容易借我了，還在那裡躲著我開密碼鎖！」

尚恩說到這裡聲音拔尖，看樣子這第一樁事情就是引爆點：「我有哪一次偷看過你的訊息嗎？你說啊？防我跟防賊一樣！」

漢克當然可以理解尚恩的困惑，可是他同時也懂班森的想法。但如果他只是個這種說兩面話的人，那蕾貝卡就不會來找他了。漢克轉了個話鋒，反問起蕾貝卡的意見：「你覺得呢？鎖手機這件事情。」

「我？怎麼會問我呢？」

「以你一個成熟知性都會女子的角度來看啊！」漢克老練地倒了蕾貝卡存在這裡的威士忌，加上兩顆冰塊。這是蕾貝卡的第一杯，每次來都是這個起手式。

「我當然是覺得不要鎖最好，可是啊，我就算現在有小開在交往，我還是會鎖我的手機耶。當然不是要腳踏兩條船啦，我只是單純地，很單純地想要保有自己的隱私。那說不定是我跟我媽的對話，或是我跟姊妹的抱怨，這種東西沒必要給我的對象看吧？你們男人自己不也很愛說垃圾話！」

順著蕾貝卡這麼一消遣，那尚恩反倒自覺理虧，不知怎麼應答。他也只能緊抓著「怎麼之前不會現在會！」來懷疑班森。可是班森也的確是頗奇怪的，他就是不肯解釋鎖手機的原因。

「你都沒表達一下你的想法嗎？好歹交往十年了，兩個人，小事情溝通一下就好了吧？你這樣不是讓尚恩又更胡思亂想了嗎？」漢克採取了左右攻削、個個擊破的策略，適度地掌握每個人的脾性來講話。這比說兩面客套話打圓場更來得有效益。至少尚恩也點點頭，開始認同漢克的說詞。只要這麼一著，後面要收拾尚恩就不是什麼困難的事情了。

「我也嘗試要解釋，但他聽不進去。」

「你那個算什麼解釋！『就想鎖啊！』我個放屁！」

班森看是不想多說了，又補了一口酒。咂咂嘴，有點無奈地看著蕾貝卡。蕾貝卡嘟嘴瞪了他一眼，要他乖乖地跟尚恩在吧檯上把事情講清楚。

「你不要看蕾貝卡，這是我們的事情，弄到蕾貝卡還要幫我們找人調解，你要成熟點，自己面對！」

儘管在漢克眼中，想看別人手機或隱私的那一方，才是幼稚的；但尚恩此番倒也沒說錯，擺爛逃避是解決不了問題的。

客人又多了起來，泰半是取消了其他的派對，轉個彎來這裡避雨的，漢克先將尚恩、班森這對怨偶晾在吧檯一陣子，蕾貝卡接手碎碎念了一會，放漢克去調了幾杯酒。回過頭也才五分鐘的時間，但班森就是不肯說出他鎖手機的原因；看情況僵在那裡也不是辦法，漢克就問了尚恩下一題。

「大概就是三個月前，本來說好要一起吃飯，他沒來，那就算了，我想說是工作的關係；可是他的臉書卻在一間餐廳打卡，跟別的男人吃飯。我到現在，一直到現在我都沒有問過那個男人是誰，反正就是吃飯而已也沒什麼，當天晚上他也很早就回家了。我不是要說我有多寬宏大量，但至少也不是歇斯底里。自從那次之後，我就再也沒聽到他要約我吃飯或逛街幹麼的，就算我在家裡煮好了等他，他也是像現在這樣，你看，就這樣，就這張臉，欠他似地，這樣坐在我對面桌上吃我弄了一下午的飯菜，一點反應、表示都沒有。」

尚恩邊說邊回想，又繼續補述下去：「總之，這三個月我們的關係降到冰點，我問話，他就哼哼啊啊；他倒是一句話也沒主動問過我。整整三個月，像兩個陌生人住在一間套房裡頭，就差沒捲款對方的財物了！」

第一樁鎖手機的事情還算不得什麼，但這第二起事件可就真的藏了什麼玄機。班森卻還是一臉不置可否，沒有打算表態的樣子，漢克愈來愈覺得這兩人的關係應該沒那麼簡單。但必須從班森嘴裡問出一點東西，否則也只是無止盡的僵局而已。

「你真的什麼都不打算解釋嗎？班森？你們十年的關係，就要因為你的沉默，畫下句點了耶！你都不在乎，不痛不癢嗎？我看不是吧，還是，你有什麼很難說出口的事情？」

漢克看了一下蕾貝卡：「即使是蕾貝卡，你也不願說出來的事情？」

班森拉了拉領口，顯然酒精開始發揮了。侯漢克知道班森是悶葫蘆，就把寒林之語的濃度調高了；照他剛才那樣喝，也是時候吐真言了。

「對吧？你有事情說不出口。還是，跟我上閣樓去說說？也許我真的可以幫你排解啊。」

「我。」班森被這麼一問，倒是猶豫了一下。

「你什麼你！對啦，反正圈內就這樣，玩我玩膩了，對吧！」尚恩氣得站了起來，就差沒扭頭就走。因為蕾貝卡拉住了他。

什麼事情班森都忍下來了，有什麼話也不敢告訴蕾貝卡，就怕她說溜嘴告訴尚恩。卻偏偏碰上侯漢克這個第三方仲介人，卡在中間這樣催酒逼供，逼得他急了，藉著酒氣吐出了一點點心聲。只有一個「我」字，都可以讓尚恩暴怒至此，可見在這之前班森的態度有多麼決絕！而哪種事情會保密到家，守口到這種程度，在尚恩眼裡，大概也只有外遇才會這樣了吧！

尚恩氣得眼眶裡打轉的淚水，但因為悔恨，而不甘心滑落。

「不，尚恩，你想錯了，不是外遇。如果是外遇，他不用憋這麼久，到我這邊才鬆懈下來。真的，不會是外遇。」漢克一面解釋，一邊安撫尚恩：「你們朝夕相處，他有哪一天不在家裡過夜呢？你在家的時間比他多，照你說的，他又準時上下班，要怎麼有外遇對象呢？就算是一時衝動意亂情迷，他也不必為了這種事情跟你鬧脾氣，一鬧三個月吧？」

聽漢克這麼說，也有點道理，尚恩才坐回椅子上。

「你說吧班森，把你的顧慮都說出來，我們才好解決你們之間的問題。」

「我，我只想說，這三個月來，尚恩有幾次都跟蹤我上下班，我都是後來才發現的，但我也都沒有拆穿。因為我知道他是不放心，所以就都沒講。有沒有外遇，尚恩自己清楚。我想說的就這樣。」

「什麼叫就這樣？你一次把話說清楚啊！」

然後就是無止盡的尷尬與沉默。漢克真的沒接過這種案子，他為了緩和這凝結的談話氛圍，又不要讓吧檯太乾冷，轉而向蕾貝卡求救：「喂，我覺得你應該要付我雙倍的錢。」

「是，我當然會付！兩個人啊，又占用你的黃金時段，讓你的助理忙著調酒端酒。」

蕾貝卡望向吧檯一頭忙翻了的助理，掏出了預先準備好的紅包：「小羊，這個給你，不好意思唷占用你的老闆。」

「謝謝蕾貝卡！」助理小羊收了紅包，塞擠了一個笑臉，又趕著去送酒了。

侯漢克當然沒停止思考，他一邊調酒，一邊在腦中整理尚恩跟班森的關係。

現在，他們兩個人低頭滑手機，誰也不理誰；尚恩又點了一杯酒，班森也不甘示弱，兩個人都要特調，而且表明了要烈一點。看樣子蕾貝卡家裡今天至少得收容其中一個人，否則這兩個喝醉了一起回家，不知道會鬧出什麼事情來。漢克給蕾貝卡使了個眼色，蕾貝卡點點頭，就什麼都知道了。

「我最後問你們一個問題，就可以幫你們準備特調了。」

「請說。」

「你們最後一次做愛，也是三個月前的事情嗎？」

「是，你說可不可惡！」尚恩想到自己的活寡守了三個月，那可不僅僅是沒滋沒味可以形容得了的。

「任何親密的接觸都沒有吧，包括接吻？」

「對，連接吻都沒！我還以為我是跟大學室友同居。」

「好的，我知道你們現在適合什麼酒了。」漢克轉身拿出了一支外瓶身被稻草編織包裹的酒，那既非琴酒龍舌蘭，也不是伏特加白蘭姆，卻在酒櫃上閃耀著異樣透明光芒的，是瑪拉斯奇諾櫻桃酒。專用瑪拉斯卡櫻桃蒸餾成的透明香甜酒，雖然用途廣泛可沾可淋可調，但相關的酒譜卻少得可憐，真正要應用在杯中還需要長時間的試驗，是頗有功力的調酒師才會使用的酒款。侯漢克腦中想到的是整個事件，他搖出了兩杯同樣的酒：透明、濃烈，但是極為甜膩的一支短飲型調酒，裝在馬丁尼杯中，綴上兩顆糖漬櫻桃，讓酒底帶了一點點暗紅。

「來，這兩杯是你們的。先喝，喝到中間的時候再把櫻桃一起攪拌了喝。」

接過了酒，班森還是依舊猛灌。

尚恩倒是有點興致地啜飲了三兩口後，問起了酒名。

「這款酒，叫琉璃光。是給你們兩個人的特調。」按照漢克的進度，他可是要開始釐清所有謎團了：「你們邊喝，邊聽我說吧。首先，這三個月，班森，辛苦你了！」

「什麼？我才倒楣吧？」

「不，你不懂班森經歷了什麼。」漢克也給自己倒了一杯琴酒說道：「他以為自己得了病，所以才都不敢碰你。」

「他，他果然是？」

「不，問題沒那麼簡單。」漢克說道：「接下來，尚恩，我希望你能夠誠實地告訴我們，所有的事情。」

「什麼事情？為什麼變成在審問我？」

「不，不是審問你。這樣吧，你跟蹤過班森幾次呢？」

「早就數不清了，我沒有在記那個，對，我承認了，我據實以告了，怎樣？換他要說實話了吧！」

「會的，他待會一定會說實話的。我問你，尚恩，你每一次跟蹤班森，每一次都查不到異狀，他都是一如往常地上下班，對嗎？」

「對，但我能跟的就是他上下班，我可沒有一整天盯哨過。」

「有沒有哪次是，你跟出去，結果他反常蹺班的？」

「沒有。」

「確定嗎？」

「百分之百！」尚恩問道：「你不相信我也無法，只是你究竟要知道什麼？」

「那你呢？你每一次被跟蹤的時候，你都知道自己在幹麼嗎？」

漢克這麼一問，像在尚恩頭頂開了一槍一樣，他登時渾身都無法動彈，看著漢克，又無助地看著班森。班森搖搖頭，這才幽幽地說起話來：「我沒想到，這個調酒師真的什麼都曉得了。尚恩，你要先自己承認嗎？」

答或不答，各有巧妙處，但死不承認的矯情，尚恩無力承擔。

「是，我承認，我有去找炮友，這樣可以嗎！但就那一次而已，就那一次！」尚恩的頭低得不能再低了，他看著班森，正在等班森發火。但班森沒有。

「放心吧，班森如果真的要發火，他就不會這樣跟你冷戰三個月了。」漢克說破了班森的心事：「班森是在冷落你之前就被跟蹤的，也就是說，這十年間其實只要你有空，你就會想知道班森在幹麼。對吧！班森沒有惡意，他只是想知道，一個將他人的行蹤掌握在手裡的人，是否會言行如一地對待自己。結果，就讓他撞見你跟別的男人在一起。我不知道班森看到了什麼，但是那促使他得花費三個月，整整三個月的時間來疏遠你。」

「為什麼？」

「班森，你要自己說嗎？」
「我，我。」班森這才拙劣地說：「因為至少要三個月後才能確定你跟我都是健康的，我不想在這個時候跟你太過親暱，以免發生，以免發生了什麼事情。」
「能發生什麼事情？這不就是一夜情外遇而已嗎？講開來很困難嗎？」蕾貝卡不解。
「不，班森他不能講開，講開等於踩住了尚恩的缺點，這樣會讓尚恩受傷；而且也會讓尚恩誤以為班森懷疑他什麼，所以才跟蹤他。」漢克一邊替班森說話，還不忘教訓尚恩：「你現在知道你自己有多幼稚了嗎？班森怕傷到你的自尊，又怕自己克制不住，所以故意疏遠你，希望等到三個月過後，確定你沒有什麼外顯症狀，篩檢也驗得出結果之後，再來想辦法恢復你們以前的關係。可是你非但沒有察覺，也絲毫不知反省，就因為你自己跟別的男人有過關係，所以你也揣想班森跟別的男人外遇！」
尚恩忍了一晚上的淚水，早就已經潰堤奔嘯，他看著班森，沒兩眼，班森也哭成一團。像兩尊玉雕融出了水。
「對不起，對不起。」尚恩不斷地道歉，但班森只是緊緊抱著他，什麼話也沒說。
蕾貝卡對漢克讚賞有加，包了個大紅包給他，還問道：「那酒呢？你給他們的酒代表什麼？」

「酒啊，人的祕密有酸有甜，不要去隨便攪動它，那人們就可以透明而且敞開地面對彼此了。尚恩，你懂了嗎？每一個人都是需要適度的隱私的。」

漢克也漸漸地可以體會，蕾貝卡帶這兩個弟弟出出入入的原因了。他們畢竟還只是弟弟啊！

白毫

成分

蘭姆、伏特加，配上茶酒。

酒色口感

透明，杯中有一點一點黑色細小的懸浮顆粒更加顯眼點題。泡開的細茶葉細茶梗舒放著香氣，口感是如此吸引目光地鮮明。

「我爸在裡面。」

「喔。你不進去嗎？」

「不了。那種場面看一次就夠了。」放放吐了一口煙，悠悠說道。

「好吧。」

被放放拒絕的漢克，獨自一人走進屋裡，那是一間卡在常見的五層公寓中，不上不下的三樓；客廳只有一張籐製的長椅，和一架摺疊的矮茶几；桌上的水杯和吃了半碗的麵碗，都是一人份的。漢克很快瀏覽過眼前的景物，這裡充斥獨居的痕跡。一對櫥櫃和映像管電視機，守在客廳一隅；亮著紅光的神桌上，有一張女人的黑白相片，應該是放放的母親。三房兩廳的格局裡，幾乎家徒四壁，維持著最精簡的生活規模。

孤獨與寂寞的氣息滿出牢鎖的鐵窗外，鐵窗內晾著兩件白色老汗衫，和一條鬆弛的四方大內褲正乘著夜風飛舞。拿出了一串幾乎沒用過的嶄新鑰匙打開了公寓鐵門的放放，只靠在門邊樓梯間，不願進去。那是他父親的家，如今卻讓他卻步了。

「你父親呢？」

「在廚房！」放放就這麼憑空一指，看也不願看上一眼。

漢克想起昨天晚上，放放一臉疲憊，閃進店裡的時候，差不多也是這樣躲躲閃閃地。他拒絕了大家都會先點一杯的寒林之語，也沒有立馬來一杯霜凍戴克瑞，事實上，那是他每次來 KARMA 的第一杯酒，如祭儀般，莊重肅穆，而且單調平板地嚼著滿口碎冰喀哩喀哩，似有神咒在嘴間呢喃。放放大概就是這樣的人，一顆頭剃了半邊，又在另半邊蓄起長髮；大小耳釘鼻鉤，刻意描粗的兩道韓式眉型；黑或紅色皮衣外套，油漬牛仔褲，小羊皮短靴。通身帶著殺氣的背影讓走在街上的路人連拍肩問路都不敢的放放，卻生了一張僧侶般慈藹堅忍的臉龐，眼眸子閃著明亮的光輝看著路上流浪的貓貓狗狗，放放掏出僅有的銅板去買個罐頭，還會在那些貓兒狗兒飽餐之後，用空鐵罐盛清水來供養牠們。放放是屬於有信仰的人，當然，不是那種庸俗的人間宗教，他是吧檯上超然的存在，大概是偏向一種萬物泛靈，物我合一的信念吧。

關於昨晚他那副倦容，讓常客們感到困惑，也讓我看得有點迷糊了。那個開口閉口都是卡繆、禪宗、超現實主義、女權、電子音樂的放放，居然也有疲累甚至看起來迷惘的一天。而我們的疑問，要等到他慢悠悠地提起了有關他父親的事情之後，才得以解開。那時候已經過午夜了，剩下的酒客都超過八分醉，早就不在意放放的心情如何；再晚一些，便一個個開心地與放放揮手道別。

「我剛剛去看我爸了。」放放等到客人都醉得差不多的時候，主動地說。

「喔？我記得你之前不是有說過，你父親他？」說什麼漢克是真的忘了，但他記得放放有提過他的父親，兩人關係似乎有點僵。

「說我肯幫他找到長照志工就不錯了，不要奢想我去看他。」放放撇著腦袋，頓了半拍，好像剛才那個說話的人不是他一樣，搖搖頭，換了個嘴巴似地重新說道：「他都會打電話給我，講一些他的生活瑣事。成天抱怨那個房子買得太大，一直以為我會像從前一樣跟他住一起。我並不想聽，可是我從來都沒有掛過他電話。他上個禮拜說他得戴呼吸器。我去看他了，就在剛才。」

「還好嗎？」

「死了。」

說完，放放抬起頭來，仰著臉，想忍住淚水。

「嗯。人年紀大了，也是沒辦法的事。」

「不，我爸是被人殺死的。這裡，一刀。」放放往自己的前胸心臟部位比劃。

「報警了嗎？」

「還沒，我覺得怪，所以先來找你。在你閉店之前，可以給我最後一杯嗎？然後我帶你去我爸家。」

一般是不會這樣接案子的，無論親疏，漢克習慣接警察們放棄的案子。但是現在，漢克陪著放放，來到他父親獨居的公寓。這正是漢克收店打烊的一個小時後，凌晨三點半。或許是看在店門口被放放豢養了一窩膩人夜貓的緣故吧，漢克跳過了所有應該依循法律和邏輯的程序，陪著委託人放放來到命案現場。

「昨夜」的事情，不過就是幾個小時前而已。放放還在嘴裡頭咂咂著茶梗子的完美演出，這杯叫做白毫的酒，味道竟如此強烈，整杯透明的蘭姆、伏特加，配上也是透明的茶酒，口感是如此吸引目光地鮮明。杯中有一點一點黑色細小的懸浮顆粒更加顯眼點題，那些泡開的細茶葉細茶梗舒放著香氣。正當午夜之前，放放在KARMA裡面擺自閉；聽完放放的委託，漢克隨即搖了這杯很少會有人喜歡的酒。

放放一口辣酒，一口辣雞翅，好像在用味覺替自己刷洗什麼不好的經驗。漢克對放放問道：「那個長照志工，多久會去看一次你父親？」

「每天都會啊，他們會替我爸爸弄三餐。」

「他們？」

「嗯，他們是輪班制的，所以不一定是誰去探望我爸。」放放大概猜得到漢克在想什麼，趕緊解釋道：「我有想過請專職的看護，但我真的負擔不起。」

「沒關係，也不是人人都請得起的。」

漢克的這一杯酒，意有所指，而敏感纖細的放放，也的確感受到了。在酒館往公寓的路上，低著頭的放放，眉宇間都蒙上了一層愧疚感，當然那種愧疚就跟他最後飲盡的白毫一樣五味雜陳。並不是單純地認為對不起生養他的父親，或是因為沒見上最後一面而遺憾，更多而且說不出來的，放放只能繼續保持他迴避閃躲的角度，期待漢克可以給他解答。或者幫他找出答案。

「如果是請專職的看護，今天或許就不會發生這種事了。」當站在門邊的放放這麼自言自語的時候，漢克已經打開廚房門，看見倒臥在血泊中，手裡拿著一雙長麵筷的老男人；他的臉朝下，朝著漢克的方向露出了光禿的圓頂，寬厚的肩膀與骨架，看得出來他是個身體還算健壯的老人。長麵筷上還掛有白麵條。

凶刀應該是廚房的水果刀，那把沾血的水果刀掉在老男人的腳邊，刀鋒指往後陽臺門。老男人的背上沒有傷口，但如果輕輕將他轉了側身，就會看到他的胸口有致命而且深刻的一刀。

「一刀就斃命了，好狠。」漢克當然見過刑案現場，只是這樣全盤主導倒還是頭一遭。他自作主張地把放放的父親翻了過來，仔細地檢查了致命的傷口：「放放，你爸是你翻過去的對吧？」

「嗯。刀子也是我拔的。我……」

「沒關係我知道，不用說了。」放放不忍看父親心口痛苦地插著一把刀，好像那就是立在父親心間的他，苛刻而尖酸。但笨就笨在不該拔刀，放放拔完刀才想到自己破壞了現場，隨手把刀子丟得老遠，慌慌張張地跑去找漢克。

漢克走到後陽臺，看見地上有一只小鐵籠，敞著門，填滿了乾飼料與清水。而鐵籠外，則是一個非常乾淨的貓砂盆。

「你父親有養貓嗎？」

「嗯，好像。上個月他說，養了一隻白貓。」放放還是不肯進屋裡半步。

「跑了嗎？」

「我也不知道。」

漢克擱下貓的事情，開始巡視另外三間房間。一間是書房，除了書桌與兩櫃藏書以外，沒有別的東西；一間應該是留作放放的房間，現在成了倉庫，堆了一些紙箱與鐵盒，但都被翻得東倒西歪，文件和衣物散落一地。

「強盜殺人嗎？還是偽裝成這個樣子呢？」漢克心裡頭打了個顫。

最後一間就是臥室，有模有樣的升降式病床，兩側都裝了欄杆，旁邊還有一臺呼吸器與氧氣瓶。床頭裝了一枚緊急鈕，一按，志工站的警鈴就會作響，三分鐘之內就會有待命的志工趕到。漢克檢查了床邊的呼吸設備，管線和電源都被剪斷了，這名凶手是鐵了心要致人於死的樣子。

漢克看了一眼床上凌亂的被單，上面都覆有白色的貓毛，他拈起了一小撮，便走出臥室門外；來到鐵門邊，輕聲問起臥室內的所有醫療器材設備的來頭。

「臥室那些都是你買的嗎？」

「我也沒有別的辦法。我不知道怎麼面對他。」放放拿了自己的錢，請志工幫父親加裝了這些居家照護的基本配備，然後，就像每個買了名牌包包或是昂貴補品給父母的孩子一樣，推託說是別人送的、特價品便宜買到的。

「你父親最近跟你通的電話，都說了些什麼呢？我們邊走邊說吧！」漢克還想聽放放的其他說法，大半夜老是這樣站在樓梯間講話也不是辦法，就提議去中式早餐店坐坐。漢克知道附近有一間從晚上九點開到早上十點的早餐店。

「上禮拜是說裝了呼吸器。」放放鎖好了門，仔細的回想父親每個禮拜在電話裡的絮叨叨，他很驚訝自己居然都還記得。明明當下是聽得那樣不耐煩、想急急掛上電話的：「不知道是過敏還是病情加重，我父親是肺炎，就呼吸困難，裝了呼吸器，幾乎都得躺在床上。」

「可是他卻站起來煮麵了。」

「他的狀況時好時壞，上上禮拜說他到里民辦公處去跟人家聽法律講座。」

「聽那個幹麼？」

「他說他要問立遺囑的事情。怎麼樣他都有個三、五百萬，希望能妥善分配。我是不在乎他怎麼用他的錢，但是他有跟我說，遺產的事情要我不用擔心，其他里民，甚至志工們都勸他不要給我半毛錢，但他堅持，他說，他說了，父子的情面怎麼樣都會留一點給我之類的話。」放放講到這裡，聲音哽在喉頭。不只是因為早餐店到了，而是他果真說到傷心處，兩行清淚就從臉頰滑落了。像尊玉雕的觀音融出了水，放放哭起來，有點中性的美感。

「好了好了，別哭了，先看要吃什麼，我請。」漢克為了要多問出一點線索，只好先安撫放放。

「然後是上個月，他說志工裡頭有人同時也是愛護動物協會的，希望他可以當貓咪的中途之家。」

「你父親的身體狀況，不適合吧？」漢克質疑這樣的請託。

「不，我爸他也很願意，他年輕的時候就喜歡貓貓狗狗。」

「遺傳嗎？」漢克詼諧地說道。而放放也因此吸了一下鼻子，哭得沒那麼厲害了。還笑了出來。

「總之，一天會有兩班志工來陪我爸，所以養貓的問題還算小，志工都會來打理貓咪跟我爸的生活環境。」

漢克想起了剛才在放放父親家，那張病床上頭有不少貓毛。白色的貓毛，如果是過敏的源頭，導致放放的父親得裝上呼吸器；或甚至衰弱，以至於不敵入侵的強盜。假設真的有強盜的話。那麼，志工們，是否都得負上法律的責任呢？

不對。

「怎麼了？」放放還沒想好要點什麼吃，而一旁的漢克兩眼飄忽，全然沒有盯著那面油膩的壓克力點菜板，不知神遊何方。

「一個這麼有自信的凶手，不浪費半點體力，一刀就把你父親殺死了。」漢克倒抽了一口涼氣：「他為什麼還要破壞那些呼吸設備呢？」

「但是倉庫被翻得一團亂了。還是說，真的有什麼問題？我真的好亂，我完全沒辦法思考。」放放說著，苦笑了一陣：「還一直跟人家說，他死，我是絕對不會哭的。可真的碰上的時候，啊！」

「一定是被布置成強盜殺人的樣子，太多疑點了。」漢克語重心長地說：「但其實這個你報給警察，大概兩天就破案了。」

「那，所以你破案了？」

漢克低著聲音，不希望凌晨早餐店裡的那些半醉半醒的人聽到。平常他是不會在外面這樣破案的，但看在放放是這麼好，又這麼久的客人的份上。冰豆漿和燒餅來到桌上，漢克咬了一口，好容易地就破了這個案子。

「嗯。殺死你父親的，就是那群輪班志工裡的某個人。首先他是愛護動物的人，其次他也是聽說過你父親遺產的人。」

「就為了錢？他當志工，就是為了要殺害像我父親一樣的人嗎？」放放顯得十分憤怒，但更多的矛盾是他不願相信這個事實。那群志工，他每一個人都見過面、聊過天，甚至請他們吃過飯。姑且不談交情如何，至少放放看他們的樣子，全然不像是為了謀財害命才來當志工的。

「不是的。他完全是出於好意。只是好心做壞事，把你父親害死了。」放放的米漿和包子也來了，他認真地聽漢克說。而漢克還是維持著一貫的音量，小聲地說起了整件事情的全貌：「害死你父親的志工，就是提出要協助你父親照顧貓咪，做貓中途之家的人。他不是挑中你父親，應該是他們在閒聊當中，你父親透露出這樣的需求吧？你父親他跟你說到要當貓中途之家的時候，電話裡頭的情緒應該很不錯。」

「嗯。」

「但是，錯就錯在養了一隻頑皮的貓。這貓動壞了你父親的呼吸器，可能造成你父親休克或腦部長時間缺氧，當志工按著平常的班表，到你父親家的時候，已經來不及叫救護車了。你想想，如果是這樣子的狀況，志工是否要負最大責任呢？如果你是志工，你會乖乖投案，承認讓重病在床的人照顧貓咪是個無腦又智障的決定嗎？」

「所以他就乾脆殺了我父親，然後偽裝成有強盜入侵的樣子啊！」

「是。但也不是。這位志工凶手把刀子插入你父親心臟的時候，你父親應該已經斷氣了。而桌上的飯碗、你父親手中的煮麵筷子，都是志工凶手加上去的。刻意地翻箱倒櫃，把呼吸器剪斷等等，都是為了要掩蓋一個業務過失致死的罪名。關於那把刀子，充其量也就是毀屍吧，再多一條誤導辦案。」

「等等。他這麼做，可是他們志工是有排班的，這樣不是很明顯地告訴人家，這個誤導的凶手就是在那個時段當班的志工嗎？」

「所以他把貓飼料跟水都添滿了，貓砂也打理乾淨。那他就可以說，他在當班的時間來到你父親家，並且完成了所有例行公事，也確認你父親都沒有異常狀況。之後，才有凶手侵入你父親家，殺害了你父親，又不小心讓貓逃走。」漢克提起了病床上的那些白色貓毛：「這些貓毛，就是貓咪在你父親臥房裡長時間逗留的證據。一個專業的長期照護志工，於情於理，都不該讓小動物與行動不便的老人共處一室。就算你父親很熱心，願意在資格不符合的前提下，由志工的陪同提出申請，擔當小動物的中途之家，那志工也必須在他離開的時候，將小動物關到安全的空間，包括籠子或後陽臺，以免造成你父親的不便。」漢克繼續說道：「他唯一不能解釋的，就是為何志工來了之後，沒將患者餵飽，還讓他自己起身煮麵。以及，一個凶手如果已經確定把人殺死了，一刀斃命，幹麼還要把呼吸器剪掉？原因就是患者根本沒起來煮麵，而問題就是出在呼吸器上！這個志工的智商，不對，他可能真的不是有心要犯案，一時情急才做出這麼多沒智商的補救措施。」

「可是。我還是想不透，為什麼志工會狠得下手來。」放放望著深夜無車無人的馬路，黑漆漆地，好像什麼都沒有，只有一片空洞。

「我說了，志工不是殺你父親的真凶，他更不是為了你父親的錢。他只是，不敢承擔自己犯下的錯誤，所以用他認為妥當的方式，做出了他所認為的最佳處理。直到他在廚房做完了這些假動作之後，忽然間，一個靈光乍現，他想起了這位老人有個不孝的兒子，明明住在同一座城市，父子兩個卻從未相見。那空餘著幾百萬給不孝子花用，不如，轉來照顧無家可歸的小動物吧。不過我想，你父親沒把錢藏在家裡，所以他應該什麼都沒搜到；像極了一樁無功而返的強盜殺人案呢。對了，只要解剖你父親，就會發現他的胃裡根本沒有麵條！」

漢克無意對放放施加無謂的壓力，尤其在他驟然喪父之後，情緒極為不穩定的情況下，漢克必須與放放恢復酒客與調酒師的關係，更應該替放放找個臺階下。隨著漢克推演出來的結果，只好暫時先讓放放繼續沉浸在懊悔不已的情緒裡頭。如果當時他願意跟父親住在一起；如果他願意原諒父親；如果他願意聽父親好好說話，啊，放放搖搖頭。

做為生養他的父親，還談什麼願不願意！

漢克看著久久不語的放放，好有耐心地在等他平復情緒。這是一個調酒師本來就該做的事情之一。

「我要趕快回去，把我父親的床單洗一洗。」夾雜在啜泣聲中，放放這句話說得有點含糊。但漢克聽懂話中的深意，有點無奈地看著放放堅定的眼神。

「你決定好了嗎？洗下去，就無法回頭了。只要能證明布滿床墊的貓毛，有超過二十四小時以上，那麼當天當班的志工就脫不了責任了。」

「嗯。我欠我父親，一個真正的原諒。」

「好吧，我只能說，這是你的決定。還好你有先來找我。記得，你報案的時候一定要說，家裡有東西不見了。看是鈔票還是什麼都好。這樣一來，剪斷維生系統管線也不會顯得太過刻意。」

「好。」

就當作是不孝子替父親做的最後一件事情，漢克很少見地任由放放趕回去破壞現場。放放像脫網的魚，往前跑了幾步，回過頭來，看著漢克。漢克對他揮揮手，沒有要跟上去的意思。

放放隔著馬路，對著漢克問了一句：「我爸跟那些志工，一定度過了一段很快樂的時光吧？」

「我想是吧！」漢克也大喊。

放放露出了笑容，大步遠去，消失在即將看見日出的街道上。

青頸

成分

白蘭地、藍柑橘酒。調整了日本調酒師上田和男的國王谷配方。

酒色

沒用到綠色材料的調酒卻呈現淡綠色。白蘭地顏色較深，那抹綠，綠得有點無精打采，帶點灰綠色。

喻意

青頸觀音為了救人，自己嚥下滿口毒水而脖子發青。

KARMA的禮拜二，空虛寂寥。來喝酒的客人零星鬆散，調酒師漢克通常會在這天試驗一些新的調酒，甚至半價賣給客人。禮拜二都是熟客，多半是業務、房仲、或是那些可以排休輪班的上班族。他們說，其他同事怎麼排休他們不清楚，但排在禮拜三休假，有種喘口氣的感覺。漢克也喜歡休禮拜三，但禮拜三啊，酒館夜店最神聖的 Lady's Night，怎麼可能休得起呢？禮拜三是做酒水生意最好的日子，應該說，當人們想要喘口氣的時候，酒水生意就更不能停歇。

KARMA不大，二十餘來坪的小酒館，有個半層樓高的小閣樓權當員工休息室或招待所。禮拜二的酒客塞進來之後，卻還是顯得這小酒館有些空曠，說起話來彷彿有回音，酒客的聲音都淺淺的。禮拜二，空虛寂寥。

「哈囉～」漢克一聲招呼拉得老長，送到門口；招呼打得過分親暱，引起了店內酒客也爭相往門口看去。是一對男女，他們一前一後走進來，男的先替女的開了門，等女的進來後，小心地關上玻璃門。一個箭步，男的又走到女的前面，湊上吧檯說：「你好，漢克在嗎？可以坐吧檯吧？有些事情想請教漢克。」

「我就是。來，請坐吧。」

是「那種客人」啊，酒客們看著吧檯，那對男女有點侷促的樣子。酒客不約而同想起，畢竟是這間KARMA的特色啊，就是會吸引「那種客人」上門來。酒客們當然都聽得到他們的對話，今天很靜，甚至連悠揚的爵士樂都快要淡出玻璃窗外了；從來，禮拜二就是這麼靜的嗎？來喝酒喝慣了的酒客們不免也覺得今晚的氣氛有點陌生。

「兩位想喝什麼？」

「呃，夫人，您要喝酒嗎？」

原本還關心著吧檯方向的酒客們，聽見那男的這麼問起的時候，搖搖頭，意興闌珊地陷入他們自己的話題裡去了。

是主僕關係。儘管這個年代已經不容易聽到這樣的稱呼了，但至少像至善路、仁愛路、還有後起之秀松X路上的住戶，有一兩個隨身傭人都是可以想見的。

那名女子打扮入時，一襲全黑短版洋裝抓了幾個設計過的垂墜，修出若隱若現的好身材；手裡拎著一個吸引全場目光的鑲水鑽黑絨晚宴包，一入場就成為焦點；但她是別人家的太太，而且這個穿著窄身西裝的男子也不是她的姘頭，夫人長夫人短的開門遮水，就是個奴僕。那就沒戲好看了，本來還以為他們是情侶撕破臉，要來協商和解的呢；漢克也處理過這樣的故事，那天晚上的現場簡直就是分手吧臺。

「隨便調一點吧，我其實也不是很有心情喝酒。」

「好的。麻煩你，兩杯特調，我要烈一點的，夫人要口感酸香多一些的。」他很清楚主人的喜好，進退得宜，攻守明快。是節奏感很好的僕人。

「好，那我們先喝，再聊。」漢克說罷，就開始他的工作。拿起雪克杯和幾支酒瓶，金黃、粉紅、淡紫、透明，畫師般調勻了所有利口酒的顏色，倒出了第一杯，給夫人的酸香口感。漢克習慣一邊調酒，同時揣測人們的來意。這其實是一種自找麻煩的概念，酒館的業務已經夠忙了，卻還要處理感情糾紛、走失人口、甚至凶殺命案。漢克把小酒館當事務所，當起吧檯椅上的安樂偵探。

漢克可以在談笑間，看著半醉不倒的客人們，猜中或者說是推中他們的心事。乃至於凶案謎團的真面目，都會逐一被漢克揭開。四處查訪的例子雖然也有，不過通常很少會有案件複雜到必須請漢克犧牲假日走出店門外。

「在你們開口之前，讓我確認一下，夫人，您是有丈夫的吧？您這次來，是為了他的事情嗎？」

那名女子接過酒，才喝了一口，聽漢克這麼說，差點沒噴出來；她轉頭看了一眼同行男子，說道：「國華，你剛剛說，是朋友臨時告訴你這個地方的，搞半天，你跟這位調酒師通過電話了？還是你們見過面了？」她驚訝的是，為何一個素不相識的調酒師，一看見自己，就會猜到自己的心事。就差沒有奪門而出了。

「沒有，夫人，我真的是很臨時接到朋友的 LINE，他說只要來找一個叫漢克的調酒師，老闆的問題就解決得了。」

「你老闆他沒有什麼問題！大家都這麼說了不是嗎？為什麼要讓我一再去面對，去想起那件事！」

「夫人，因為那種情況，真的太不尋常了。」

那名女子本來很激動，但她強做鎮定，沉默了一下，理了理自己的情緒，才主動說起她的事情。

「好了國華，我自己說吧，漢克先生，如果你覺得很無稽的話，可以拒絕受理我的委託，當作沒聽過。」徵求了漢克的同意後，她便繼續說下去：「是這樣的，我叫王蔡月娥，雖然沒有留下遺書，但是，我丈夫王寶文上個月自殺了。自殺不是我說的，是連警察跟法醫都這麼說，我相信是寶文受不了我的背叛，所以才走上絕路。關於這件事情，警察曾經懷疑我跟我的情夫L聯手害死寶文，但事發當時我跟L都不在場。沒錯，不在場證明，L當時在他家，我在我的服裝工作室，我們正在用視訊通話。警察查過了IP位址跟帳號訊息，以及留存的影片，確定我們當時都不在現場。寶文是上吊走的。我和L的事情，寶文很早就知道，只是忍著不說吧。但是國華他卻相信是有別的人害死了寶文。」

「不是，當然不是夫人。」漢克把國華的曼哈頓端給他的時候，兩眼直直地盯著國華，面對「質疑夫人」的指證他連忙否認：「我的意思是，是別人覬覦老闆的財產，然後殺了老闆，陷害夫人。老闆有一個保險箱，警察到場的時候不見了。裡面的東西，鈔票加套房權狀什麼的少說也值千餘萬吧。還有，老闆因為跟夫人處不好，所以他們已經協議過，雙方名下的財產都不會給對方。就算是夫人把老闆害死，夫人也拿不到半毛錢的。老闆把三分之一的財產過給我，剩下的成立基金會，繼續扶助公司的運作。我們是做服裝設計沒錯，不過老闆跟夫人已經分設兩個不同的品牌了，他們都已經獨立運作很久了。」

「還有什麼可以讓我知道的嗎？單憑這些線索的話，我也會質疑自殺的說法，警察他們應該在案發現場注意到了什麼吧？」

「是，關於保險箱，寶文他的保險箱大概在去年就丟了，我一直跟國華講，但國華一直說兩個月前還有看過那個小保險箱。權狀什麼的，根本都已經拿出來，交給我們各自公司的法務保管了。錢嗎？存到寶文的帳戶裡了吧，他現在很少會放這麼多錢在身上了。」

「那還不是因為老闆被人搶劫過，而且那次跟這次，一定是有關係、有預謀的。」國華堅稱寶文是被害身亡。

根據月娥和國華的說法，寶文是在上個月五號的下午兩點左右，於家中上吊自殺。國華一點還有跟寶文通過 LINE，他交代了一些正常的工作事項。三點的時候，國華傳 LINE，寶文沒讀，再回撥要報告工作進度，電話就不通了。

月娥跟 L 的視訊通話，從下午一點通到四點，這當中兩個人不斷在網路上調情；或是看著對方工作的樣子；或是把電腦螢幕與鏡頭空著景；偶爾聽見對方的聲音就算慰藉。十足少年少女的風格，大概是夕陽之戀才會有的返照現象吧。

寶文在去年年底被人持刀搶劫過，提心吊膽的他就慢慢習慣只帶零錢跟信用卡出門了。警察到現在都還沒抓到人，聽說寶文的死訊，警察也害怕如果真的是同一人犯下的強盜殺人案，那輿情後果真是不堪設想。

「對於造成L的事業打擊，我很抱歉。但如果不這樣，警察可是一到現場，就直接鎖定我跟L的。那種感覺多難受啊！我把自己的骯髒齷齪都挖開來了，警察要怎麼繼續咬定我就是凶手？是，我是跟那個男人淡了，我們也各自都有別的對象，可我們還沒到視對方如仇人的地步啊，要說死了哪一個，都是會傷心難過的吧。卻還要在這種時候面臨一堆盤查偵訊，當成賊一樣。我想到就不舒坦。結果這個國華，他就一直說保險箱的事情，弄得警察緊張，我也緊張。」

「那最後保險箱是怎麼解決的？」漢克知道，警察不可能因為國華的片面之詞就相信殺人凶手是為奪財；更不會因為月娥的三言兩語而把消失的保險箱當作根本不存在。警察應該費了不少心思，確定了這件事情的真偽。

「我有LINE，LINE裡面寶文有說的，他要把保險箱丟了。」月娥拿出她的手機，在吧檯上幽微的燈光中滑著。要滑到一年前的留言，居然只捲動了兩下。

「我要把箱子丟了，反正我們也沒有要同心了。」

「隨便你啊。最好錢也丟一丟。」

「是，要是沒有錢，我們今天不會變成這樣。」

「隨便你啦。」

「我要燒光它。」

去年的六月五日，只通了這五行。每人兩三句話就打發了二十年的婚姻，二十年那麼沉卻又那麼輕；二十年前那對纖瘦結實，熱愛運動，朝夕湊在一起奔跑、嬉戲、在草原上狂烈做愛的牝牡，而今都成了蠻橫跋扈、暴怒刁鑽的豺狼餓虎。

「驗屍報告呢？」

「是自殺無誤。」國華說：「包括勒痕、腹中殘留物、些微酒精反應等等，都說明了老闆是自殺的。」王寶文用童軍繩，將自己吊死在自宅的樓中樓。童軍繩在樓梯扶手套成一個環，王寶文脖子卡在環上。他的臉上同時有很多他自己的抓痕，警方研判應是不忍疼痛，揮舞雙手亂抓所致。雖然說各種上吊自殺的跡象他都具備了，但國華就是覺得怪。

「那你不相信的理由，除了保險箱之外，還有嗎？」

「當然有，就是老闆交代的任務。」

「他要你做些什麼？」

「他最後要我幫他訂機票，要我陪他去日本散心。他還 LINE 了景點介紹的連結給我，要我做點功課。」

一個準備好要旅行的人，為何會尋短？按照國華的說法，寶文除了請他訂機票之外，自己也跟當地的旅館聯絡好，訂了兩張床的雙人房，預訂六天的晚餐餐廳，包括一間米其林星級的壽司老舖。他對這趟旅程十分期待。而且還特地把工作進度趕完，老早就把任務分派給其他部門。

「嗯，這確實不像要自殺的人會做的事情。不對，應該反過來說，做到這樣的程度，不太可能忽然想不開自殺。」漢克想了想，他把外場服務生叫來。他在外場服務生耳邊吩咐了幾句，服務生便跑到閣樓裡去。

大概過了半小時左右，吧檯這邊的話題已經開始渙散，聊起了臺灣服裝設計的困境，以及王氏夫婦多年來分分合合，都被設計圈看在眼裡，流傳著許多不好聽的評論。包括穿過月娥設計的衣服就會出牆之類的。但是月娥很堅強，她把這些評論當作助力，隔年，發表了一系列以杏花為主題的中式圖樣風格，標榜穿上它的女人，不出牆也難；因為遠東文化被西方國家想錯了方向，充滿美麗誤解，果不其然杏花套裝配合著女權與性解放的觀念，在米蘭的一場春裝展，獲得很大的迴響。

服務生正好下樓來，他走到吧檯邊，對漢克示意。漢克請他上去打掃了一下員工休息室，搖身一變為高級貴賓招待所。漢克很慶幸當初多花了十五萬裝潢小閣樓。

「這樣吧，蔡小姐，我幫你們換到貴賓室詳談，避開這裡的耳目，好嗎？」

「那再好不過了。雖然也沒有什麼好談的，但我已經受夠菸味了。」

「那您先跟這位服務生上樓，我搖兩杯酒請你們。那國華，你先在樓下等我一下，幫我端酒。」

月娥隨著服務生上樓後，漢克並沒有開始搖酒，他反問起國華：「你有那個樓中樓的照片嗎？還有，你老闆的手機，在誰那邊？」

「照片我有，手機也在我這裡。因為事前請律師擬的條款，是任何財產都不能分給夫人，手機當然也算在其內；不過，夫人她也說手機讓我保管沒關係。」

「她有跟你借過老闆跟你的手機嗎？」

「有，都有，她說她要確認老闆在外面究竟是跟什麼樣的女人在一起。」

「那為何還要借你的呢？這很奇怪吧？」

「但因為是夫人的要求，所以……」

漢克接過了國華跟寶文的手機。首先是確認了那個自殺的樓梯，國華拍了幾個角度，就是希望有一天能替老闆平反；接著是寶文的手機，漢克將兩人的手機 LINE 都滑了十來下，便將兩支手機還給國華。

「我明白了。」漢克用白蘭地跟藍柑橘酒，調整了日本調酒師上田和男的國王谷配方，呈現出一種淡綠色但沒用到綠色材料的調酒。白蘭地顏色較深，那抹綠，綠得有點無精打采，帶點灰綠色。漢克搖了兩杯，請國華送上去。

「這杯特調叫青頸。你先幫我送上樓，我晚一點就上去。」

漢克見國華走後，隔了十分多鐘，看樓上沒有動靜，才緩緩地拿起手機，慢悠悠地撥電話給管區黃警官。不時注意著通往閣樓的樓梯，是否有人走下來。但閣樓那廂遲遲沒有任何動靜。

「你可以帶人來了。」

黃警官在今天傍晚下班前，就已經先打電話跟漢克討論過此次的案情。國華口中的友人，其實就是黃警官；黃警官介紹漢克給國華，也算是替漢克預先埋下了一條方便他拉拉扯扯的線索。

「我剛剛有傳樓中樓的照片給你看，雖然說是自殺，可是那種樓梯，要人工加害也不無可能。」

「樓下必須有一個人得把人扛著，樓上還要有一個人負責在死者脖子套上繩索。樓下的人隨手放開，人就會像自己上吊一樣，懸在樓梯與樓梯之間。」漢克早就看過那張照片，他對國華和月娥的反應都是演出來的：「這樣上吊的勒痕就會趨近於自殺的部位了。所以，最少有兩個人涉案。」

「那就是他的妻子跟妻子的情夫了。最有動機的兩個人。」

「嗯，那不在場證明呢？他們視訊的影片不只有聲音，也還有畫面。雖然中間好幾度斷斷續續的，但那都不足以讓他們兩人有充分的時間同時往返ＩＰ位址跟王家，還把王寶文殺掉。」漢克看完了兩段不同電腦裡的視訊影片，不管在通訊時間還是畫面一致性都是毫無疑問的。

「我晚點請國華帶著月娥去找你，萬事拜託了。」

黃警官的委託言猶在耳，漢克卻想著國華的事情，想得出了神。甚至沒注意到黃警官已經趕來了。

「走吧，在樓上嗎？」

「嗯。」漢克應了一聲。

一上樓，只見月娥低著頭在滑手機，國華擎著酒杯，若有所思地望著樓梯的方向，像在等待漢克的答案從那深幽的樓梯裡傳上來，如一井之回音。

「王蔡月娥女士，我必須依照刑法第兩百七十一條的殺人罪，將你逮捕。」

「殺誰？我老公？怎麼可能呢！是不是哪裡搞錯了？」

「夫人不可能做這種事。」國華擋在月娥前面，不讓黃警官給月娥上手銬。

「你不退開，我就依妨礙公務罪名也將你逮捕。」黃警官指著國華的鼻子罵道：「如果你真的那麼關心你的老闆，就讓漢克來跟你說明白吧。」

漢克被 Cue 到的時候有點錯愕。畢竟這位黃警官早在先前幾次辦案的過程中可是對漢克口氣很差的。

「是的。王寶文是『被自殺』的，至於怎麼假自殺而騙過刑警和法醫的部分，就請黃警官來說。我只負責破解不在場證明。下午一點，王蔡女士你和你所謂的L先生通過視訊的方式聊天，聊到下午四點。這個部分是沒有問題的。有問題的，是關於國華你所說的，一點接到寶文的 LINE，要你去辦理出國用的機票事宜。」

「我？我的確是一點接到老闆的 LINE 啊。」管家國華邊說，把自己手機滑到他跟寶文對話的那個地方，卻找不到那天下午一點的訊息：「嗯？不見了？」

「對吧，而且，那真的是你老闆發的 LINE 嗎？如何證明呢？」

「這！」國華拿出自己的手機，報案的時候，那條一點鐘左右發來的訊息明明還在；可是現在卻不見了。

「下午一點，月娥和L視訊通話的時候，月娥用了寶文的手機發 LINE 給你，製造時間差，好像寶文一點的時候還活著。事實上，一點，正是月娥跟L殺害寶文之後，各自趕回住處，開啟視訊電話，製造不在場證明的時候。」

漢克再請國華打開寶文的手機，滑到去年的六月五日，帶大家再看一下這些訊息所要傳達的真正意義。

「我要把箱子丟了，反正我們也沒有要同心了。」

「隨便你啊。最好錢也丟一丟。」

「是，要是沒有錢，我們今天不會變成這樣。」

「隨便你啦。」

「我要燒光它。」

「如果這則訊息是關於保險箱的，請注意，寶文說的是要燒光它；要如何燒光保險箱呢？想必這則訊息應該是在講別的東西吧！

一些裝著情書或照片的無聊紙箱？或者，是要燒光保險箱裡頭的鈔票或證券權狀？按照王蔡女士跟L先生的住處與寶文自殺現場的距離來看，你們應該是中午過後不久，就把寶文吊死在家中，然後試圖把保險箱處理掉。喔，你們可能還跟寶文一起吃過午飯，多勸了幾杯酒嗎？比較好下手。先前買凶搶劫寶文的應該也是你們，預計就是要造成警察的心理壓力吧。一個小有名氣的設計師，先被搶劫，然後被奪財殺害，警方怎麼承受這種怠忽職守的指控呢？當然就會順著家屬的意願，導向是自殺了。」

「你胡說！我跟……我跟L我們一直在視訊，從一點開始就是。」

「是，所以我說你們是一點之前就已經把國華吊死在樓中樓的扶手上了啊。」

「你有什麼證據？黃警官，你就是這樣放狗亂咬辦案的嗎？」

「王蔡女士，你跟國華要了寶文的手機，就是為了要刪除一些對你不利的訊息。但你又多要了國華的手機，這未免太反常了吧？國華礙於身分的關係沒有懷疑過你，但偏偏就是這個地方讓我起疑。有誰會不希望寶文與國華傳訊的詳細時間重新被警方或者像我這樣的偵探來仔細推敲呢？」

月娥沉默不語，但國華卻崩潰了，畢竟他那麼信任夫人。但也是他，一心想找出老闆的死因，把敬重的夫人賠上了。國華撫著冰涼的脖子，感覺一陣惡寒，彷彿跟老闆的死狀一樣滿臉帶著青紫色，不由得發出了冷笑：「你的酒，是毒水啊。哈哈哈哈哈。我太晚懂你意思了。」

拿到酒的時候就應該帶著夫人逃亡的，漢克的酒意有所指，青頸觀音為了救人，自己嚥下滿口毒水而脖子發青。漢克要國華什麼都別說，往肚子裡吞，帶著夫人離開就沒事了。

為何漢克要這麼做？難不成是看在國華的一片耿忠之上嗎？只有漢克知道，為什麼要空等了十分鐘才打電話給黃警官。

擬寶珠狂想

成分

將新鮮白桃切成不足一釐米的小方角，以特製糖水醃製，膩在氣泡酒裡。

酒色

一種水果芬芳濃烈的香檳調酒，香檳金黃的色澤，溫暖而帶著一股誘人的馨香。

小酒館KARMA颱風天照常營業的消息一打上網，十點左右，吧檯已經坐了滿滿一排的人。都是男人。他們清醒的時候還說些正經八百的話，幾杯Shot之後就開始把男女關係跟生殖器官搬上唇舌之間。

雖然漢克把音樂稍稍轉大了，但今晚是「黑名單之夜」；將近二十年前的音樂文青被撿骨出土，擴大器傳出來的所有聲響都呈現一種慵懶匱乏，欲醒還眠的力道。這樣疲軟的聲線被男人們酒後的喧囂聲壓了過去，但是漢克沒有要制止或約束他們的意思。人的嬉笑，才應該是唯一不敗的酒場BGM。

「乾杯！耶！」Jam踩著吧檯下的鐵桿，一手撐著吧檯，把酒杯高高舉起的時候還灑了一點出來：「清晨就會脫離暴風半徑了，賺到一天假。杯子不要停！音樂不要停！我們要把颱風喝垮！喝到它會怕！」

今晚的訂位電話接到手軟，有的人甚至打算請假多休一天，想盡辦法要把難得的假日填滿。正規的休假是用來補眠的，撿來的颱風假和月曆上見紅的各種紀念日，負責玩樂消耗所有補過眠後充復的體力。

即使是這樣風強雨大的夜裡，沒有人是寂寞的。

一個二十公分見方的小紙箱在馬路上飛滾，斜雨以將近六十度角的方式沖擊著地表，所有被雨水砸中的事物都發出了嘈雜的嘩嘩聲響不絕於耳。這個颱風在海上吸飽了雨水，已經進化成強颱，從臺灣島的中心直貫登陸了。漢克從兩天前就在注意這個颱風，雖然無法比氣象播報員早一步預判出它的路徑，但是漢克看了幾張不同時間的衛星雲圖預測，以及NHK、CNN等各方媒體的判斷，多少學會了一點開店做老闆必備的觀雲象本領。今天早上，氣象局發布一張氣壓表，雖然颱風的中心眼距離上岸還有幾海里，但漢克看見窗外萬里無雲的晴空，便下了一個決定，並且把這個決定寫在開店備料用的記事本裡：「再多叫六箱啤酒、黑牌綠牌藍牌什麼的中高價都追加兩支、基酒全補三支、薯條炸料進貨。」

果不其然，一聽到放颱風假，KARMA 就爆滿了。情緒氛圍都很高漲的熱帶颱風夜，漢克在颱風天推出的本日特調叫做：「擬寶珠」。是一種水果芬芳濃烈的香檳調酒。這個時候打開香檳，歡慶颱風假的意味極度濃厚，每當漢克調完了一支香檳，不得不打開第二三四五六支的時候，「啵啵啵啵啵啵啵」的聲響打斷所有人的談話與笑鬧，他們都會發出一陣：「喔～～～」的長音讚歎。

但是這杯「擬寶珠狂想」真正的主角，其實是讓漢克切了一整個下午的糖漬白桃。漢克把二十幾顆新鮮白桃，切成不足一釐米的小方角，然後用特製的糖水醃它。玻璃杯裝著粉嫩透白少女肌感的果肉，膩在氣泡酒裡，載浮載沉。

漢克偷偷向吧檯上清一色的男酒客透露：「擬寶珠是陰宅門口會擺的那種燈籠裝飾，一般都在燈籠的頂部；仔細看，這兩個寶珠擺在一起的時候啊，哈哈！」擬寶珠上尖下圓呈水滴狀，除了桃子，還有一種叫做「桃太郎」的溫泉番茄也是此型。不常吃水果的人，想像它是HERSHEY'S的水滴巧克力就對了。

聽到「兩個擺在一起」便滿座笑爆，這是男人之間的只可意會。

一點，已經有男酒客脫去上衣，喊著好熱好熱，但身上一點汗也沒出。健壯的肌肉上倒是起了許多雞皮疙瘩。

窗外的雨勢又增強了，風聲在窗邊呼嘯；路上已經沒有什麼雜物紙箱或落葉枯枝了，全都被吹掃得乾乾淨淨，彷彿有洗街車剛開過路上。

此時，有個穿著風衣的男人推門進來。

「哈～囉～」漢克看來人冒著風雨，一身灰色的風衣，款式很舊了，還附有一個派不上多少用場的連帽；手裡一柄便利商店買的鵝黃色短傘，傘也未擺在店門口的傘架。走進店裡，他只是傻傻站著，左右張望，沒有回應漢克的招呼；雖然看他這樣就曉得他應該不是客人，但漢克好似早就知道他會來，開口打破來人的尷尬：「找地方坐啊，傘可以放外面。」

「不，不了，我今天是來謝謝你的。」

「謝我？謝什麼呢？」漢克雖然可以用他平常與客人打招呼的節奏中，慢慢想起客人上一次來大概是聊到什麼話題，也好讓他接著把話說下去；但是這個風衣男一開口便稱謝的舉止，讓漢克沒了把握。他唯一可以確定，會回來道謝的人，一定是被他用早上無聊培養出來的小興趣幫助過——一種推理難解事件或追蹤離人的興趣。這附近的管區黃老大謔稱那是：「尋人找物的小把戲。」

「是，我也一年沒來找你了，當初很對不起，我以為你根本是個空有網路虛名的騙子。」風衣男說：「我是王伯民啊，王季民的哥哥，去年拜託你幫我找我弟弟，你說他一年後會自己回來，我不相信，說什麼都不想付你錢的。但是今年啊，果然跟你說的一樣，今年他居然就自己跑回來了。真的很不好意思，這是一點小意思，請你務必收下。」王伯民從風衣口袋掏出一個被雨淋溼的白色信封，看是塞了不少鈔票，鼓鼓脹脹的。

「是，我想起來了。來，先喝一杯吧。我想你今天應該會來，幫你準備好了這杯特調，擬寶珠。一年前你喝過的。」漢克端上酒杯後，又指著那個白色信封：「我不能收你的這個，那個時候說好的價錢，你已經付清了。」

「拜託你收下來，侯先生。你知道，當我看到我弟弟回來的時候，心裡有多麼愧疚嗎？他五月一到，就自己回來了，我一直很糾結，要不是我弟弟這幾天跑來提醒我，一年之約就要到了，我也不會鼓起勇氣來找你。你不收，我可能一輩子都不會原諒自己。」王伯民說：「我也在反省了，當初我不應該這樣逼著季民，把他給逼急了。」

「你弟弟提醒你？你真的不留下來喝個一杯再走？一年沒見了。」漢克聽到是伯民的弟弟提醒他，直覺伯民的說詞有點可疑。

「不了不了，我得趕緊回去了。」王伯民說：「下次吧，下次要是我女兒藏著哪個野男人的時候，我再來找你喝一杯。」

「好吧，那你慢走，小心。」

颱風天專程跑一趟 KARMA 卻沒喝上半杯酒就離去的王伯民，開始引起了吧檯上的男人們的興趣。

Jam 首先提問了，而且他的問題裡也藏著一定程度的答案：「他說他的弟弟，我看他差不多有六十了，他弟弟應該也是個大人了，怎麼會還要他這樣千呼萬喚地才肯回家呢？喂，漢克，這個王伯民，他是拜託你什麼啊？」

「找他弟弟啊。剛剛不是說了？」

「但是很奇怪啊。」

「嗯，你愈來愈敏銳了，」漢克當然想起了王伯民的事情，應該說，這幾日他都惦記著一年前，王伯民來找他的事情，所以特調擬寶珠很早就準備好了。當時並不算完全解決了王伯民的委託，但是漢克有強調，要想知道真相，要能等到季民回家，必須期滿一年：

「王伯民去年來找我的時候，說他弟弟不見了，我請他把所有的訊息給我之後，我沒有幫他找，我只是要他等，等滿一年他的弟弟就會回來找他。」

「那你怎麼算得準，剛好一年呢？」

「因為不見的不是王季民，而是王季民的骨灰罈。」

這是唯一一樁尋找骨灰罈的委託，漢克說，那天王伯民穿著整齊的黑西裝來到KARMA的時候，漢克還以為是政府的稽查員上門找麻煩。王伯民幾近崩潰地說，弟弟早逝，也就算了，骨灰罈還被偷走，他在網路上聽說漢克什麼死人骨頭都找得出來，反正他就是要找死人骨頭，理所當然就來找侯漢克了。

「請你務必要幫我找到我弟弟！」王伯民說完，握緊了漢克的手。

「那，可以請你大概說一下，你弟弟王季民的骨灰罈是什麼時候、在哪裡不見的呢？」漢克聽完王伯民的陳述後，認為這應該不是個很困難的案子：「最好也跟我說一下，你弟弟生前的交友關係。」

「是這樣的，我弟弟是五月走的，因為他長年待業的關係，都住在我家，他單身很久了，也都沒有跟朋友來往；他過世後，喪事自然也是我來處理。我跟法師幫他引魂，引到公墓，我們家的祖厝上。我還請人做了一個很大的水泥蓋跟水泥管，把我弟弟放在裡面。」

「水泥管？」

「嗯，因為他剛走，按習俗是不能下葬的，得要在外頭擺上一年才可以入土為安。」

「喔，好像有這麼個說法。那你怎麼會發現骨灰罈不見了呢？」

「我是隔了幾天之後，想說上去看看，就發現我弟弟不見了。」

「你應該還有兩個弟弟吧？照你們的名字來看。」

「是，仲民跟叔民，但是他們都住在國外，弟弟走的時候，他們根本沒有來送弟弟。」

「那兩個人，跟你的關係怎麼樣？」

「非常的不好啊，自從他們兩個出國之後，就跟我們王家完全沒來往了，連祖先的香火都沒帶去，掃墓也從來沒到過；甚至過年都不會互相打電話聯絡的。我都當兩個弟弟沒了。」王伯民說：「幸虧季民跟我感情比較好，我和我太太商量後，就收留他在家裡，等他工作穩定了，再搬出去獨立生活。」

「那他發生了什麼事？生病？」

「這個部分也要說嗎？」

「都要，如果你還想找回你弟弟的話。」

「他是自殺過世的。」

「為了什麼原因自殺？」

「他的工作不順遂啊！他到處找工作，常常試用個幾天，就被辭退，根本沒有薪水可以領。」

「只有這個原因嗎？他自殺當天或前一天有什麼狀況嗎？」

王伯民想了想，看似有些事情不好意思直講，吞吐了半天。漢克看時間還早，當時是九點半左右，就要他慢慢想。

「你慢慢想，我調杯酒請你。」

王伯民看著漢克調酒，不知道話該如何說出口，漢克當時調的就是「擬寶珠」。漢克俐落地切了小塊白桃，倒了氣泡香檳，然後加入許多王伯民從沒看過也認不出來的酒。在香檳金黃的色澤中，王伯民彷彿看見了小酒館 KARMA 的氛圍，是可以觸摸得到、感覺得到的實體，溫暖而帶著一股誘人的馨香。

「他前一晚跟我大吵了一架，我是……我是對他說了重話沒錯，但是他知道，他明明知道我是很愛他，才會擔心他的。」說著說著，王伯民遮著臉，嘴裡嘟噥嘟噥地聲音愈來愈模糊。

「骨灰不見的時候，我還有報警，然後連絡仲民跟叔民。」邊說著，王伯民喝了一口擬寶珠：「我也懶得給他們打電話，我是用臉書貼訊息給他們。還有傳LINE。」

「嗯，他們都已讀嗎？」

「當天就回我了，他們都說不知道。」

「嗯。因為知道季民過世的事情，應該就你們兄弟三人，再加上季民跟其他人沒有什麼來往的話，會去挪動他的骨灰罈，也就你們三人。」漢克認為此案好辦的緣故，就在於骨灰罈沒有什麼太大的價值利益，簡單講，應該只是某人為了細故，賭一口氣，把自己的弟弟給盜走了。

「但是我跟仲民、叔民都沒有來往了，要賭什麼氣呢？」

「他們知道季民怎麼死的嗎？」

「我都給他們講了。我跟季民吵架的事情，還有後續置辦季民的喪事。我本來想說多講一些，他們願意出點錢，但沒想到他們如此絕情，連個聲都沒吭。」

「嗯。」漢克長吟了一聲。似乎已經將近破案了：「再問你一件事情，你們家的四個兄弟，應該都是拜神的吧？」

「對，我是佛道都有，中間兩個是純道教，叔民還去學什麼算命的，哼，愈學愈古怪。季民的話是都不怎麼信，但他會跟著我拜。」

「好，那我說了，你不要氣惱。我不知道季民在哪裡，我也不可能知道，但是，我可以保證，一年後，季民自己就會回來了。」

可想而知，伯民聽到這樣的回覆，會有什麼情緒反應。漢克是完完全全地被訓斥了一頓，甚至還說到年輕人賺錢不要什麼錢都敢賺之類的，網路上說得那麼神，結果還不是跟算命師差不多，說這些不著邊際的空話。當天的不歡而散，幸好沒有酒客看見，這是漢克唯一替伯民感到慶幸的，因為酒客都知道漢克的本事，遇上伯民這種不知好歹的，說不定還要揍他一頓。

常聽漢克辦案故事的 Jam 一臉困惑，他還是不懂漢克怎麼能推定得那麼準確，說一年就是一年：「所以，一年後季民回來了，你是怎麼辦到的？我到現在還是不能理解，有人拿走骨灰罈沒錯，可是你卻知道他什麼時候放回來？」

「這個說起來也不簡單，主要是那個水泥管。」漢克說：「當時我問王伯民，仲民、叔民知不知道喪葬相關的事宜，他們都是知道的。所以，我假設學算命的叔民，他聽到季民要放在水泥管內一整年後才能下葬，他一定不肯。」

「為什麼？」

「這就是不簡單的部分了。你們知道，KARMA的這條巷子後面，有一個佛教單位嗎？」

「喔，我知道，一個什麼蓮社還是什麼的。」

「嗯，慈救蓮社。」

「怎麼了嗎？跟他們有關？」

「不，那間蓮社是我平常無聊就會去逛逛的地方，那裡的地下室除了供奉地藏王菩薩之外，還有很多靈骨塔位。」

「什麼？靈骨塔？這裡不是大安區嗎？」

「對，這才是真正的民間習俗。所謂的暫放一年，我問過蓮社的師父，臺語叫作『寄安』，一般都是放在靈骨塔內，聽經聞法一年後，再入土跟祖先相會。」漢克搖搖頭說道：「我如果是學過算命的叔民，聽到水泥管跟水泥蓋，一定會氣得冒火，搭上飛機，自己來臺灣找師父。因為我根本不想跟哥哥伯民來往，所以我會直接把弟弟的骨灰罈盜走，寄到自己認可的正派靈骨塔位去，寄滿一年再自己把弟弟葬回祖墳裡。」

外頭的風雨漸漸轉小，應該是颱風的組織結構又被中央山脈橫斷了。曾經有過輕颱一上岸就轉為低氣壓的例子。有幾個酒客走出店外，呼嘯而來的風依舊不絕，但吹得人心神舒暢，酒都醒退一半。

Jam 想了想說道：「是有可能，但是，這種事情再怎麼跟兄弟鬧不合，也應該知會一下吧？太詭異了，誰都會著急的。」

「那這就是叔民，我是說假設是他；這是叔民的一個壞心的測試。」漢克拿了遙控器，把冷氣又轉強了一些；就在兩點半不上不下，風雨趨弱的這個當頭，忽然來了兩組大桌客人，整間 KARMA 確認滿員滿席了：「我忙完跟你們講。」

轉過身去，漢克拿著菜單走出吧檯，撇下玄幻的骨灰罈失蹤事件不談，很專業地開始向客人們介紹各類酒款。那是截然不同的神色，漢克是個做什麼就會像什麼的，認真的人。

招呼完客人，回到吧檯的時候，已經有很多人結帳回家去了。剩下 Jam 跟剛醉醒的蕾貝卡，她從 Jam 那邊把沒聽到的部分都補全了，也一臉興味盎然的樣子。她說，她以前很迷塔羅的時候，超愛這種故事的。

「快，快說說是什麼測試！」蕾貝卡點了一支菸。

「我先說，我沒有確定誰是偷走骨灰罈的人，我只是假設是叔民。」

「好啦知道了，快講。」蕾貝卡始終對漢克的謹慎小心同時感到萬分的佩服與嫌惡。

「嗯。叔民如果對算命這些東西有興趣，他應該也認識很多老師。他當然知道伯民幫弟弟季民做法事的時候，也有請老師。可是問題就在於，每個人都只認定自己的老師作法才是正確正統的，所以，當我是叔民，我聽到水泥管的方式時，我就會質疑，並且去請教老師。」

「那你會得到什麼答案？」

「我的老師不會跟我說水泥管的事情，他會問我，我弟弟季民是怎麼走的。當我說出自殺兩字的時候，我的老師一定會想到，發生自殺案件的房子會變成陰宅，而房子的主人勢必要有點手段來化解；自殺的人變成地縛靈等等，應該都是大哥伯民要連帶處理的細節。」

「然後？」

「然後我聽到這裡，當然就會買機票飛來臺灣把事情用我自己所認定的方法處理圓滿啊。而我在處理的過程中，一定有想過要告訴所有兄弟，但是我又想到大哥伯民應該作了什麼法，不如就不說，看他怎麼處理。而且就算不說，可能也要到隔年清明上墳的時候才會發現季民的骨灰罈不見了，到時候，我就說拜託老師挑好日子，已經開墳葬下去了。反正不會立馬就開墳查證，我只要等到真正滿一年的五月分，再把弟弟好好安葬，就不會有問題了。」

「但是伯民卻提早發現了？」

「對，所以叔民就更不敢說是他帶走季民的了。」

「為什麼？」

「我說過了，照道理而言，下一次上墳看季民的日子，應該是隔年的清明；但是下葬不過幾天，伯民就跑上來，並且打開了水泥蓋。他絕對不是要看看季民還在不在，因為他不會去質疑季民在不在。他應該是要作法，或者要把他作過的法解除或是掩蓋得更好一些，卻碰巧發現骨灰罈不見了。」

「但其實，早一步來的叔民……」

「是假設的叔民。」漢克再次重申。

「對，他早一步來，打開水泥蓋，其實就已經看到了作法的痕跡？」

「就是這樣！Jam你真的學到技巧了。」漢克說道：「伯民應該是擔心季民走得不安穩，會讓他家也不順遂，很自然地找了老師作法；但是看在叔民或仲民的眼裡，這根本就是作賊心虛。誰叫伯民收容了季民，卻又對他講些不該講的話？跟他吵架逼他自殺。親兄弟會拆散有很多原因，但都會帶著莫名濃烈的仇恨，我只是在這個點上，因為資料不多，所以猜不出骨灰罈會被誰拿走；應該是最痛恨伯民的那個人吧。」

「這就是伯民的良心不安。」Jam呷了一口酒，似乎真的懂了什麼。

今年清明，伯民和妻子上墳的時候，墓碑原本刻了十五位先人的名字，泥金漆都生了一層綠苔，正想刷洗一下的時候，卻看見多了新刻的第十六道金痕，寫著：「王季民」三個大字，差點沒讓伯民嚇得逃出公墓的山下。不是因為聯想到什麼神怪靈異的事件，而是想起了漢克的鐵口直斷，額間滴下了冷汗。伯民深恐，漢克是不是從他的話裡，還知道了什麼不該講，或講出來不甚光明的事情呢？

這才是伯民遲遲不敢回謝侯漢克的理由，直到季民超乎所有人想像地入了伯民的夢，基於心理壓力，伯民不得不來。

但這可能也只是伯民胡思亂想的結果吧，誰知道呢！

阿摩羅奇譚

成分

阿摩羅果（油甘）加數種酒品。

酒色口感

青黃相間，極酸。

喻意

阿摩羅又稱掌中果，意即一切就似看掌中手紋般容易。

不過八點半而已，鐵捲門拉開還不到一半，高度大概只夠一頭中型犬鑽入的門縫底下探出了一顆腦袋，他彎著腰，往吧檯裡瞧了兩眼，小聲地問：「侯漢克先生在嗎？我是貫雲，我們昨天通過電話的。」

侯漢克正在擦吧檯桌，低著頭看了一眼鐵捲門縫下那個自稱貫雲的人，理了個乾淨的平頭，一身灰衫，知道是哪裡找了，便招呼他：「喔，先進來坐啊。結果還是只有你來嗎？」

「沒，師父現在在車上。」

「他方便進來嗎？」

「可以是可以，但現在外面有點熱鬧就是了。」貫雲邊說邊走了進來，隔著鐵捲門的縫隙可以看見他身後跟著好幾雙腳，就在門外的騎樓邊上焦躁地雜沓著。才剛剛站直，理了一下他的灰色長衫，後頭就塞進了幾臺攝影機跟麥克風，想要捕捉什麼畫面或聲音，嚷著也要進來。

「我們可以進去了嗎？」

「可以早半小時開門嗎？」

「侯先生在裡面嗎？」

侯漢克接起電話，聽完委託人貫雲的描述後，便已經預見了今晚的不平靜，推辭了三張大桌的訂位，好準備迎接今晚的大陣仗。對方也提及他們的難處，希望現場不要有太多閒雜人等，畢竟最近道場裡的閒話已經聽得、傳得太多了，不只是貫雲，上下信徒們都開始為師父感到擔憂。連帶著當然也是信心的動搖吧，從事發以來，一個多月間，有些人甚至乾脆就不去道場，對師兄弟們的電話、LINE、臉書訊息都避不回應。貫雲在電話裡說到這個困境，不由得也在話筒那端哽咽了。

記者聞風趕來，也是意料中的，七點多就開始堵在店門口了。漢克特地吊了他們的胃口，平常八點半鐵捲門都是全開的，今天卻故意弄個不到半開，縫還特小，只容得下一個人鑽入。鐵捲門響起嘰嘎嘰嘎的聲音，本來眾人還在期待著，卻見鐵捲門停在一半而乍止，外頭爆開來的都是吵鬧叫囂。

僵持了一陣，外頭這才拱著貫雲進來探探情況。

「沒想到一次來了這麼多記者。我看還是早點放他們進來好了，直接把遊戲規則說清楚，也好過放他們在外面吵鬧。」侯漢克提議，先跟記者套好招，再來聽看看貫雲的師父想要委託什麼事情。

「那就，拜託侯先生了！」貫雲深深地鞠了一躬，漢克卻沒接下這個禮，轉身就把牆邊的鐵捲門開關按下；貫雲還沒抬起頭，鐵捲門後的燈光從他的腳底下倉皇地打了進來；待貫雲緩緩起身，那光影搖曳，收音麥克風和攝影機的影子在光中擺盪，與人影交錯著。舞臺布幕似的鐵捲門還不到全開，記者們就七手八腳擠了進來。一切彷彿都有腳本在幕後進行著，KARMA今晚是一座實驗劇場。所有人，都在等待主角登臺——如果有的話。

「各位記者，請稍安勿躁。」記者們連位置都還沒安排好，一個個拿著麥克風和錄音筆，彷彿在審問代理委託人貫雲，七嘴八舌各種問題湧上，根本聽不清楚要先回答誰的。侯漢克哪裡看得過去自己的吧檯前面鬧成這個德行，便大力地拍了拍手，出言制止記者們的失序：「我們一個個照順序來，好嗎？先說，我開門，就表示同意你們進來取材拍攝，但我還沒見到真正的委託人，所以我也無法確定要不要接這個案子，你們這樣追問貫雲先生，也是白費力氣，還浪費你我的時間。這樣吧，我看現場差不多有……嗯，十家媒體，是嗎？」

記者們互點人頭，人語參差地回道：「九家。」

「好，那我就回答九個問題，請你們一邊採訪，安靜地採訪，不要打擾到我其他的客人。我差不多九點就開始會有客人了。採訪完了，我就一個一個回答你們想問的，這個時間請你們準備好問題，最好互相討論一下，問題不要重複。」侯漢克當然是沒碰過這種記者會，但他大概也只能想出這樣的方法，來平息每個記者背後緊迫盯人的催稿壓力。

「沒有意見吧？沒有那我們就開始吧！」侯漢克招招手，請內場的工讀生扛出了兩箱可樂：「這些是本店今天招待各位記者大哥的，扣除免費可樂跟白開水，本店的基本低消就是兩百，謝謝大家。」

「什麼意思？來採訪還要收錢？」

「是啊，行有行規，不服氣的，九點前滾蛋，我都不計較。」漢克方說完，那張臉孔就冷了下來。做生意用的商賈笑顏瞬間壓到箱底，氣氛凝至冰點。老練的記者們大概也聞出這苗頭不對，沒說什麼，抬頭看了一下酒櫃旁的時鐘，八點四十五分。其他年輕一點的記者也順著那個高度，看見路燈似乎沒有全照進來，才瞧見鐵捲門還有三分之一沒拉上去。侯漢克遵守著九點才開門接客的原則，即使是記者會也一樣。

「照你的吧，先給我來杯藍牌！」說話的那個男子拿著一支麥克風，他應該算是這些記者中輩分最高的，隸屬於一家橫跨新聞、綜藝、購物、影劇四大頻道的媒體，是高層專程派出來壓陣，順手帶帶新人的老將。

其他小記者們倒沒了主意，只得隨著老大哥的舉措，一方面也是為了新聞畫面而繼續留在店裡。倒也奇怪，當每個採訪的外景記者和攝影組、收音組工作人員都被告知得點杯酒喝才能採訪之後，個個變得安分了起來，各自拉了椅子，湊了桌子，就那麼靜靜地……等。

不一會兒，幾個記者手裡大概都有酒了，漢克才慢慢地問貫雲：「貫雲先生，你現在可以去請師父來了，由他親口說出想要委託我的事情吧。」

「可以是可以，但我有一件事情不懂。」

「請說。喔，攝影大哥你們可以On了，我這邊已經算是開始了喔！」聽完侯漢克的指示，記者們又放下了手邊的酒杯，重拾起攝影機和錄音筆、收音麥克風湊到吧檯邊來。

「為何一定要師父親自出面呢？」貫雲從網路上打聽到漢克歷來的規矩，就算不是當事人，也可以提出委託；只要有一定的關係或交際往來就可以。

「那是因為來找我的都是普通人，但你師父是個名人，而且你電話裡也說了，這件事情算是滿嚴重的。為了保險起見，我有時候還是會要求委託人親自出面說明，網路的說法，僅供參考。」是時候幫自己架設官方網站了，否則任著網路的流言傳來傳去，也不是個長久的辦法。但漢克又想到有了官網之後，要怎麼管理，又會碰上多少麻煩事，把這個用來鍛鍊腦力的興趣，取代了他真正喜歡的調酒事業，那可不是他樂見的！

「好吧，我去請師父來。」

貫雲挨過記者群，往酒館外走。記者們也尾隨在後，打算拍下他的師父走出車門、走進酒館 KARMA 的那一瞬間。

一邊等待貫雲去請動師父，面對記者大軍的推擠，漢克一邊琢磨著電話裡談到的那些事情，包括貫雲他簡述了一下他的道場，以及新聞報導過的面向。

貫雲是佛教團體慈護山的居士，他口中的那位師父，就是慈護山的住持兼開山祖師──了心禪師。一個月前，慈護山的臺北道場發生了一起信徒殺害信徒的命案，所有媒體都在追蹤報導，了心禪師雖然出面澄清，那只是在家信眾之間的債務糾紛，一時衝動推擠，導致重物墜落而擊中死者的意外，但記者哪肯干休，一路刨根剜底，把了心禪師以及慈護山的來歷都鑿了出來，就是想把事件往凶殺案的方向引導。一時間，沒有人不知道這個佛教團體源自於日治時代臺南安平的一處小寺院，當時不到五歲的了心禪師，為了一碗鹹菜，拜日本和尚出家學習佛教戒律和禪宗。可惜任憑記者們上下追索，除了這起意外事件之外，從未聽說慈護山有任何醜聞。

記者們像文史研究者一樣，報導了許多日治時代的傳說，這也是侯漢克為何願意見了心禪師一面的原因：聽說，了心禪師的師父，那位法號清藏的日本和尚，雖然是松本寺的住持，平素卻特別喜歡一些鄉野奇譚或是不可解釋的懸案，為此四處查訪，不眠不輟，就為了破解謎團。簡直跟侯漢克一樣的行徑，吸引了漢克的目光，才促成了這次的會面。

媒體鬧了半個月左右，終於在閱聽眾也逐漸興趣缺缺的時候，警方總結了現場的檢證結果，確定是意外造成信徒的死亡。最主要的關鍵在於凶器在第一時間就被保留了，是一柄供在佛桌上的金剛杵，血跡與傷痕，甚至掉落時的拋物線都是吻合的；其次是案發當時正值早課，雖是清晨四點，但僧俗二眾都陸續在大殿集合，並非是最佳的行凶時機；案發現場至少有二至三十位同修師兄弟，都是目擊者；許多線索顯示，這絕不是謀殺案該有的常態。

這起命案就在沒人聞問的時候，悄然結案，推人的那個信徒雖然依過失致死被起訴了，但宣判的刑期很短，也就是為他的一時情緒失控，償一償罪罷了。

儘管如此，漢克第一次接到貫雲電話的那天晚上，漢克還以為貫雲是要來委託重啟調查凶殺案的。

「那不是已經結案了嗎？」

「不，不是那件事情，是，是我們的鎮山之寶失竊了。」

「喔？」因為知道了心禪師的過去，恰好有了這個機會，便引起了漢克莫大的興趣；但也拉著漢克墮入了不可知的深淵：「是什麼樣的法寶啊？」

「這個，師父交代，不能說。」

「不能說？那我要怎麼找？」

「就是有一些線索吧，但我們幾個知道的師兄弟們，加上師父，都不曉得是被誰偷去哪了。」電話那頭的貫雲說罷，嘆了口氣：「也沒要侯先生你親自找出來，就是順著我們現有的線索，告訴我們，可能是被誰拿走、拿去哪裡。這樣就夠了。剩下的我們會自己想辦法。」

「你們最近的麻煩還真多。」

「是，所以這件事情還希望不要聲張，慈護山禁不起第二次的打擊了。」

電話之間沉默了尷尬的半秒鐘，侯漢克大概理解這裡頭的苦衷，便言道：「那好吧，我只有一個要求。」

「是什麼要求呢？」

「我希望了心禪師親自到我店裡來，說明原委，我才好回應，接不接受這個委託。」

「這個嘛……」

「不方便，那我也不勉強。謝謝你的來電。」

「不不不，」貫雲在電話那頭正慌張：「只、只有侯先生你有辦法了，我會說服師父的，請你放心。」

「好，那看是哪一天，你事先跟我說，我可以幫你把店裡的客人排一排，我們電話再連絡。」

掛上電話不久，漢克在網路上找出了那份宣布破案的新聞，上面說——當然是配合了警方的調查結果說的——慈護山臺北道場的命案是一場意外，起因就如了心禪師所說，是信徒甲乙雙方在道場外的私人借貸關係所引發。死者信徒甲，被信徒乙用手猛力推擠了一下，信徒甲撞到了供佛的桌案，案上一柄純銅製的金剛杵砸在信徒甲的腦袋上，導致信徒甲後腦受到重擊，到院前便不治身亡。這種案件，理應不需再找漢克幫忙，尤其這個結果對慈護山的聲譽來說，只能算是小小影響；如果不朝這個方向偵破，恐怕還會替了心禪師惹出更多風波來。

漢克想了至少七種，包括蓄意謀殺、集體偽證、毀損屍體等各種比意外更來得意外的結局，每一項都可以讓慈護山從此失去信徒、斷絕香火。

不消多久，鼓譟的人群又擠回酒館門口，打醒了漢克對整個案件的回溯。

「了心師父來了，侯先生。」

侯漢克往門那頭一瞧，那位高齡將屆九十的老僧，穿了一襲整齊的田相福衣，傳統漢僧紅黃二色莊嚴的袈裟，攜了頭柄略細的錫杖，一步一履，左手按放在左腰間，大方大步地跨進了酒館。
侯漢克倒沒對僧人失了禮貌，或說是尊敬他是位年壽甚高的長者，難得走出吧檯來，親自拉了一張椅子迎接了心禪師。
「來，了心師父請。」漢克捉了一張有軟靠背的扶手椅給了心禪師。
在貫雲的攙扶下，了心禪師安然地坐在椅子上，錫杖便交給貫雲執著。
「請了心師父說吧，從頭說起。」
「好的好的，但得慢慢講。已經過了貧僧的睡覺時間很久了。」了心禪師打了個老長的呵欠，便緩緩張口：「是這樣的，你們都聽說前陣子道場裡的事情了，那實在也是我的疏忽，排他們兩個人一塊兒負責香燈，又一起出坡，就這樣鬧了口角，出事兒了。誰想，又發生這法寶失竊的事情，幸虧這次只有貫雲跟他兩個師兄，貫安、貫慧發現，否則事情又要不可開交了。咳咳咳。」
「那是誰先發現的呢？」
「三個，加上貧僧，四個。是四個人一起發現的。那天為了一場法會，正要請法寶出來，一起開了放法寶的龕，結果裡頭卻是空的。」

「龕？」

「是，從我師父那裡傳下來的一個龕，平常都不會給任何人看見的。」

「喔！」漢克往龕的方向推想，能夠放在龕裡的也就那幾樣東西了吧：「那我可以看看龕的大小嗎？」

「這個嘛，我要考慮一下。」了心禪師顯得有點遲疑：「我的師父交代過，這個龕跟裡頭的法寶，只能給單傳的法子看見。」

「那貫雲他們就可以？」

「那是情急之下，不得已的。」

「可師父你剛才說……」一下說是四個人發現，照他這個說詞，嚴格上來講只能算是一個人發現。漢克強忍住沒脫口的是：「都什麼節骨眼了還在那邊師父交代了什麼，簡直食古不化！」

「是這樣的，這個龕放在臺北道場的方丈室裡，而方丈室的鑰匙只有貧僧有；那天取法寶的時候，貫安他們三人就在室外等候，貧僧進去裡頭開龕。是貧僧見龕中無物，趕緊呼喚他們三人進來，他們只有看到一個空蕩蕩的龕。」了心禪師特別補述：「平常時候是連龕的外型都不能看的，這都是當年師父交代的。」

「空的龕啊。」漢克沉吟了一會兒：「好吧，我會想辦法的。」

「你願意接下這個委託了嗎？」貫雲問。

「是，這個還滿有挑戰的。這樣吧，給我一點時間，還有，帶我去看一眼那個龕，一眼就好。」

「好吧。就一眼。」了心禪師也只能答應了。

「那，現場有記者想要提問的嗎？」漢克回頭看一下時鐘：「九點二十了，今天的客人都晚了啊。」

記者們面面相覷，低頭交換了一下意見後，決定讓一家平面媒體的菜鳥記者打頭陣。那是一家老字號的報社，因為夠老了，老到老將們都退下了，剛起用了一群大學畢業新人出來跑新聞，行內都曉得欺負這些新人，儘管每個新人隊伍都有一兩個中堅分子在帶，但旁人一起鬨喧鬧，就躲不過這看似盛情的惡意了。

一個女孩子率先被推上陣，她懷裡夾著一疊資料，拿著過時的錄音筆，對著侯漢克的嘴問道：「呃，我想問，侯先生你完全不知道是什麼東西，為何敢接下這個委託呢？你打算怎麼破案？」

漢克看了一眼提問的這女孩，瞄上去就算不是應屆，也不過就二十六、七吧，想也知道是出來作砲灰，穿針引線的；漢克慢條斯理地先給了她一杯水，悠悠地反問她：「你剛才還沒拿到酒吧？今天想喝點什麼？你點一杯酒，猜猜看我的想法究竟是怎樣？」

「這，我平常不太……」

「沒關係，你就點點看。」

「呃，白色俄羅斯？」

「這麼初階啊，好。」漢克不慌不忙，兩手各拉一瓶子，一瓶是透明無色，瓶身包裝紙上帶著梵谷畫作的咖啡伏特加；另一手則是純鮮奶。撿一個厚底杯子一倒，放幾顆冰塊，綴上一點鮮奶油，幾秒就調好了：「你想的事情很簡單，這件事情就是出在周遭人的身上，否則一個平常人，怎麼會知道龕裡有什麼寶貝可以拿呢？更何況，這還是代代單傳，不許外人知曉的祕寶。你心裡的疑問是，偵探都找不出來的東西，小偷要怎麼偷？你的大方向沒錯，我跟你一樣，也是從親近道場的人下手找起。」

那女記者興高采烈地端著她的酒，退到一旁去；歇了一大口氣，好有面子地牛飲了一嘴濃厚奶油與酒精交織的白色俄羅斯。

「下一位！」

其他人見這女孩那麼容易就問出好答案來，差點沒爭搶起來；大家眼色協調了一下，決定還是照著原定計畫，讓平面記者繼續前仆後繼。

「所以你會到現場嗎？還是你會跟平常一樣，當個安樂椅神探，聽完這些人的證詞就宣布破案呢？」另一個女記者，脖子上掛著某周刊的牌子，她問起問題來倒是態度果決了些，手裡也不拿什麼錄音筆了，就是用一支蘋果手機搞定。

「會，所以我才會要求要去看那座龕。那你想喝什麼？」

「隨便吧，你調。」

侯漢克簡單地弄了一杯破冰船。他在冰箱裡早就備好了現榨的葡萄柚汁，弄一弄也不需兩分鐘。

「很高興你們都能遵守我的規矩。這是你的破冰船。下一位想問什麼呢？」

既然聊了開來，另一家報社的男記者就跳出來問了：「那你能大概猜一下，是哪種法寶失竊了嗎？」

「你想來點什麼？」

「硬一點的！」男記者看來是有備而來了。

「好。」侯漢克也不客氣，就弄了杯馬丁尼。用琴酒洗了洗冰過的杯子，攪入了苦艾酒，放上串好的橄欖；再怎麼能喝，碰上這杯酒，喝沒兩口，也得緩口氣，才能保得住精神再喝下一杯，不然很快就會醉倒了。

選擇馬丁尼也是有原因的。因為調這款酒要花的時間比較多，在調好酒之前，漢克有充足的時間回想一下他所認識的佛教法寶當中，哪一種最常、也最適合、最可能被供奉在龕裡。

「我想，不是佛像，就是杵、塔、牌位之類的吧。」男記者咬破一顆橄欖的時候，漢克也終於能聯想得到他所知道的法寶了：「因為有一個龕座，通常會放在龕裡頭的，大概也就這幾種可能。我個人是認為，如果是單傳一人的重要信物，杵或佛像的機率比較大。塔跟牌位畢竟都是跟往者比較有關連的，要稱這種東西是法寶，也不太精準。」

「既然是杵，那侯先生你認為這起案子跟一個月前的命案有沒有關係呢？」

最犀利的，是拿著麥克風的新聞臺女記者，她劈頭就想把兩個案子扯一起。侯漢克看清楚她手裡的麥克風，果不其然，就是千方百計要把了心禪師所有事蹟，以及他信徒們的事蹟全都挖出來的那家新聞臺。

「命案的杵不是已經交給警方了嗎？我想，這個部分我不願這樣揣測。有失公允而且對慈護山是二度傷害。那你的酒呢，想喝什麼？」

「特調吧，但你只能算我兩百塊，因為你沒給我好一點的答案。」

「可以！你請坐，等等我就請工讀生送過去。」

雖然一開始漢克就嗆明了要記者們點酒，但他也遵守約定，有問有答地回應記者每一個問題；這倒讓其他記者們愈來愈急了，一次就兩家記者同時爆出了問題，而且招招致命，對於現場的了心禪師和貫雲的立場毫不避諱顧忌，差點又變成那種吵鬧的記者會。

「只有禪師有鑰匙，所以是不是禪師在耍我們呢？」

「還有，那起命案，弟子、信徒之間會不會也串供呢？」

侯漢克眉頭只稍稍皺了一下，他望向了心禪師，禪師卻是一派無所謂的樣子。也不知道該說是出家人的修為好，還是有什麼萬全的把握，侯漢克倒是第一次覺得案子辦起來特別有壓迫感。原來當一個人的脾氣消失了，會營造出這麼大的氣場。他不由得再一次仔細地打量了心禪師，深怕哪裡看漏了。

「你們覺得，了心禪師為何要穿得這麼莊重來我店裡？」侯漢克反問記者們，但記者卻想不出所以然來。

「因為他知道，如果偷偷摸摸地來，又要被你們這些人做文章，所以就大方地來。如果他真的涉案，這樣做不是自找麻煩嗎？是，你們也會考慮到密室的問題，那方丈室的門果真非一把鑰匙不能開啟嗎？這麼大的一個道場，進進出出多少人，沒有人偷打備用鑰匙嗎？當你們在推斷一個人涉案的可能，也務必要演算一下他的清白，看看禪師的膝蓋，他行走需要旁人攙扶，這表示什麼？表示如果有需要，他也是可以拿鑰匙請人去方丈室替他拿東西出來的，而且，貫雲先生，這種事情一定經常發生吧！」

「是。」貫雲搶著回答：「像我就很常幫師父拿方丈室裡的經書，因為師父現在都比較常躺在床上。」

貫雲剛說完，發現自己似乎說錯話了，因為記者們拿起麥克風和錄音筆打算改採訪他，幸虧被漢克及時阻止了：「等等，會幫禪師開門的，不只有他。拜託，你們不要見獵心喜。」

「對，只要有需要，師父通常都會拿鑰匙請誰誰誰幫他去方丈室拿點東西，不一定要是誰，誰都可以。師父住道場樓上，方丈室在樓下，上下樓很不方便。」

「這樣不就永遠無法找回龕中法寶了嗎？因為任何一個信徒都有可能是拿走法寶的人。」

一題未完又來一題，漢克便調整了一下順序：「我先回答命案的部分。是，是有可能串供，但前提是那個死去的信徒必須是人人恨之入骨；又或者，過失殺人的信徒是所有人都願意極力保護的對象。但顯然這不合常理，因為對這些信徒來說，師父和道場才是全部，保護某個信徒，或者詆毀某個信徒，都會破壞師父和道場的聲譽。況且，警方已經查明這兩個人的確有債務糾紛，而且這兩個人都不是道場中特別重要的角色，串供顯然就失去意義了。再來，我只要能看到那個龕，就有機會找回法寶。」

「那你預計多久可以找回法寶？」

「兩天，最慢三天。」漢克補了一句：「從我見到龕的那天起算。」

漢克誇下的海口，不僅讓在座記者們差點叫出聲來，就連了心禪師也不可思議地看了他一眼。

也是遲，也算快，那個一開始點了杯藍牌就坐在沙發廂座，看著大傢伙兒群起圍攻漢克的老記者，悠悠地靠上吧檯邊來，他終於對漢克說話了：「我有個東西讓你瞧瞧，就怕你沒法應付得了。」

「拿來看看啊！」漢克當然知道這傢伙不好擺平，但說好了一家一題，到他，剛好算第九題。

「你瞧。」那老記者滑了幾下手機，秀出他拍的照片。

不看倒好，一看，漢克那幾乎要勝利的表情，岔出了一點詭譎的微笑。

「你什麼時候拍的？」

「記不得了，很久了。」

「我有想過，但沒想到真的是這樣。」說罷，漢克彎下身來，從冰箱裡拿出了一小袋塑膠袋來，裡頭裝了幾顆青色的水果，大小不過葡萄左右，但質地看起來像芭樂、或者水梨。記者們還待要跟老記者借手機一觀，卻被他老兄給拒絕了。

「你們慢慢看吧，還有得學呢！」

侯漢克像著魔一樣，悶著頭就在那切水果。切了幾顆後，也抓起了酒櫃上的酒，胡亂地摻加了一氣，三把兩把就搖了一杯青色與黃色相間的調酒來。推到貫雲面前，要他喝。

「每個人都要低消，但了心師父的我可以算了。你替師父喝吧。」

「好。」

貫雲飲了一口，那酒的酸味倒讓他嘴都縮在一團。

「這是什麼酒，這麼酸！」

「這杯酒叫阿摩羅，是用阿摩羅果調的。了心師父，您應該知道什麼是阿摩羅果吧？」

「知道，臺灣叫油甘。」

「是。阿摩羅果，又叫掌中果。整起事件從一開始，就很清楚了，好像看掌中指紋般容易。只是我忽略了；或者說，我被什麼清藏和尚的傳說迷惑了。」

記者們當然什麼都聽不懂，但發問的扣打已經用罄，也就只能乖乖地錄音錄影。店裡頭開始有客人進來，一看記者這麼多，也沒打算先點酒。他們都知道，是漢克在顯威風，也都跟在一旁靜靜地看。

「你們今天，都是貫雲打電話找來的吧？」漢克看著記者們說道：「貫雲打電話給我的事情，我沒有洩漏出去，而你們卻都聞風趕來了，那就表示是貫雲專程找你們來的。貫雲，你的目的就是希望讓記者播出我找不到你們的鎮山法寶，好解除你們道場所面臨的危機吧！把你們塑造成一個被害者的形象，還請了心禪師穿得那麼隆重，都是要博取記者跟民眾的同情吧。」

「我不懂你在說什麼，你該不會是真的找不到我們的鎮山法寶，就開始胡言亂語了吧！」

「不，我當然知道你們的鎮山法寶是什麼，你們的鎮山法寶，就是一把杵。從你打電話給我的那天起，我就想過所有案件之間的關係了。命案現場的那把杵，只是替代品而已，真正的凶器，就是你們的鎮山法寶。所謂的意外，根本不存在，是那位信徒乙，拿了你們的鎮山法寶，殺了信徒甲！口角或債務糾紛什麼的當然是起因，信徒乙找了個半夜大家都熟睡的時候，用他打的備鑰，取出了鎮山的杵，殺害了信徒甲。因為信徒乙知道，整個慈護山道場的人，包括了心禪師在內，為了保護道場的清譽和鎮山之寶的神聖性，絕對不能讓人發現法寶成了凶器，所以無論如何，大家都會來幫他圓這個謊。編造出他們兩個起爭執，進而推擠的事件，把命案現場處理掉，讓警方結案。可是，終有一天，會有人發現作為鎮山之寶的杵，有不可解釋的血跡，因此了心禪師，或者，貫雲你們這些弟子，便決定用這個密室失竊的難題，來暫時平息你們道場內外的風波。杵被你們藏得那麼隱密，再厲害的偵探都找不到吧？只要等了心禪師圓寂了，下一任接班人繼任，沉澱一陣子，再宣稱找到了心禪師生前藏起來的鎮山之寶，還有誰會去懷疑這個杵跟當年的命案有關係呢？」

記者們看著貫雲和了心禪師，他們兩個臉上已經毫無生氣。了心禪師的那股強大的氣場，頓時委靡成符合他九十高齡的那種疲弱老態。

「這都要仰賴你們的前輩，是他拍過那個龕，還有龕裡的杵。怎麼拍的我不知道，或許了心禪師您以前曾經將龕請出來供大家膜拜過吧？但你忘了。看到照片的當下，我就更加確信我所懷疑的一切。」

記者們一陣鼓譟，紛紛擁上去要問貫雲和了心禪師一堆不禮貌又唐突的問題。貫雲只得趕緊扶起了心禪師，左躲右閃地要擠出酒館外。慈護山以後會是什麼樣子，沒有人曉得了。

只有那個老記者，沒離開吧檯桌邊，補問了漢克一句：「你早就知道了，才故意要讓這和尚來店裡找你的吧？」

漢克笑了笑，只回一聲：「我今天的問題都回答完啦！我只能告訴你，我對那個日本的清藏和尚非常有興趣啊！」

舍利

成分

以茉莉香甜酒、南方安邑香甜酒調製。

酒色口感喻意

高腳馬丁尼杯裝的蛋白色酒湯，象徵成佛的證據，酒精濃度很高，味道特殊。

漢克根本無心開店。

他拿著今天早上才剛收到的包裹：郵局的便利箱裡裝了一個暗紅色絨布的珠寶盒，還有一封短箋。

漢克失神地坐在沙發上，放任實習工讀替他埋頭忙著開店準備。漢克不由得思量起來，到底是為了什麼開酒吧？又是怎麼走進夜生活的？

漢克會開這間KARMA，其實是一場意外。就跟每個不想領死薪水的大學生一樣，漢克早早就試過各種不同打工，直到大學的最後一年，偶然接觸了調酒，應徵進了一間運動酒吧，也是從吧檯實習工讀開始做起。每夜的實況轉播，螢幕上的球員一腳一腳踢進了得分的球，漢克則是一腳一腳踏進充滿酒精與糖漿、香料、水果的世界裡。

作為一個喝不了幾杯就會醉倒的調酒師，夜的世界再適合他不過了。除了試味道之外，幾乎滴酒不沾的他，永遠是那樣清醒地看你我眾人佯顛裝狂；或者真的當場在酒館門前解掉的諸般醜態。他一臉清透晶瑩在夜中對著迷亂的眾生放光，如菩薩低眉；他在吧檯後方拎著酒瓶，攜著楊枝淨瓶水。

離開運動酒吧，開起了小酒館 KARMA，這一開，就是八年。KARMA 的所在地原本是一間民宅，屋主是一位年逾八十的老先生，也是漢克在運動酒吧認識的酒客，人人都稱他傑瑞哥。聽說這個名字是他高中初戀情人取的，八十歲而保有初戀記憶與英文名字的人，是一尾光潔的黑狗，而且早在一甲子前就是。

小小的運動酒吧裡，跟在後頭傑瑞哥長、傑瑞哥短的小女子們沒有斷絕，也不曾重複過，每周都是不同女孩子湊到傑瑞哥習慣坐的沙發桌邊蹭酒喝。她們穿著低短的裙裝，或者是輕軟的運動衫，有的端莊有的灑脫，十人十色，逗得傑瑞哥笑出了一層層燒餅派皮似的臉紋，整臉都酥成了一團鬆綿。

等到傑瑞哥真的喝醉了，不再替那些丫頭付帳時，傑瑞哥彷彿有著什麼老人的體味，突然猛爆性噴發，一霎時就把他周邊的人都臭走了。

凌晨兩點，只剩下傑瑞哥一個人萎在沙發椅子上，咽咽吐著酒氣。

「漢克，傑瑞哥又喝掛了。」每當酒吧老闆扶著搖不醒的傑瑞哥對漢克這麼說的時候，漢克就懂意思了。

「那，還是跟上次一樣嗎？」

「嗯，拜託你了。」

漢克下班後又多騎了幾公里的車，親自送傑瑞哥回家。起初只是一瞬的善念過眼，久了竟成為漢克下班後的習慣：每晚都會先確認傑瑞哥有沒有喝掛，再分配閉店的工作。機車軋出了夜中璀璨的星火，來到當時猶是沉鬱陰暗的老人獨居之巷。螢黃貓眼在黑影裡盯視著垂老的傑瑞哥，嘶嘶噴氣。漢克將車子的腳架停妥了，扶著傑瑞哥下車，而傑瑞哥靠著他家的鐵門，此時，一幢一層半的老房子與傑瑞哥相望相倚靠，像兩個認識超過半世紀的老友。屋齡久了，也成精怪，有著自己的心事與情緒，同時，也包覆著傑瑞哥的悵惘。

「傑瑞哥，你一個人可以吧？」

「可以的可以的，你回家吧，很晚了。」傑瑞哥揮了揮手，想把漢克趕走。

「那我先走了，改天見喔！」

「改天！改天！」傑瑞哥只是回溯著漢克的話，沒有真的應答。漢克看著傑瑞哥顛顛倒倒地踱進家門，才放心地離開。

而這一走，漢克就再也沒見過傑瑞哥了。

五天後，運動酒吧收到一個長扁的包裹，牛皮信封上署名要漢克簽收。是寄自傑瑞哥的家，那條暗巷的老屋子。裡頭只有一個小鐵盒，盒中塞了一張便箋，箋上寫著：

我要出國了，鐵盒是我家鑰匙跟房地契，它現在屬於你了。敬你的天地。

從此，大小酒館夜店，就連便利商店、切仔麵、清粥小菜或永和豆漿，都沒人見到過他了。那個幾乎夜夜都在街上遊蕩的老人，像清晨的霧露，散逸在空氣般透明的回憶中。

漢克會想起這段往事，全都是因為今天早上，也就是相隔了八年之後，他居然又收到了奇怪的包裹與便箋。害他一度以為傑瑞哥回國了。

再這麼消沉下去不是辦法，漢克拿著包裹心想，打開它吧！

從包裹裡拿出了暗紅色絨面的珠寶盒，將金屬鎖釦扳開後，只看見裡頭躺著一條曲蜷如長蟲但卻又無足無首的肉條；那肉條的粉色雖已褪去，漸生一圈圈環型的皺摺似蚯蚓，在模糊的形象中還是有著肉的前世。

漢克認出來了！那是一條剪下大概不滿半年的臍帶，被仔細地收在珠寶盒裡，隨著一紙手書壓在那塊肉條下：

他的父親們今天晚上會光臨貴店，請幫他找出真正的生父，事成之後備有薄酬。

是客戶委託的任務，但卻是個沒頭沒腦的任務。今天是星期五，熱絡的小周末，擁擠的營業日，隨時挲草的內外場。要如何在人群中找到這些「父親們」呢？突如其來的包裹與便箋，這次沒有署名也不見寄件人的名姓，唯一有的線索，就是便利箱上有一串地址。不過就算追跡那個用來當作漢克回覆情報的地址，可能也只會找到一個什麼都不知情的外人。

漢克看完了信，瞠著兩眼，一邊面臨湧起的回憶，一頭則要思索如何替臍帶尋父。

「店長，吧檯準備好了。」負責開吧檯的實習工讀，在漢克沉思的同時，按著平常的規矩，將一色基酒按照 Vodka、Gin、Rum 等順序在工作檯上排開；調勻了稀薄的糖水；勾兌了黏稠的果漿；切好一盤盤備用的檸檬萊姆如供佛花盤散敷開展。

「今天晚上會有重要的客人，應該都是生客，好好注意一下。」漢克瞄了一眼牆上的時鐘，九點半，他該起身了。從回憶裡起身。

未婚生子，媽媽想替孩子找到生父。

漢克在帳單上記下了今天任務的內容，但是因為沒有照片也沒有更確切的線索，甚至也不知道委託人是誰，究竟會不會真的獻上所謂棉薄的酬金，總讓人感到一絲不安。就是經驗老到的漢克也有點猶豫，他無法確信自己能在這種情況下找出正確的人：「不管怎麼樣，一般人的生意也還是要做，反正就多加留意，看今天有沒有什麼生面孔吧。」是交代工讀生，也是給自己喊話。

才說罷，九點初，鐵門剛開，一名留著中長髮穿球衣球褲的男子幾乎是闖進店來，他看了漢克一眼，不是禮貌性地點頭，而是像個熟客似地挪抬了下巴。漢克不認識他，但還是用了他的老伎倆，一聲長長的「哈～囉～」試探來人。

「嗨！」本想裝熟的球衣男卻被漢克偽裝出來的親暱聲情給逼了個尷尬窘迫，不知如何應對，乾乾地嗨了一聲就接不下話了。

「今天一個人嗎？」漢克突如其來地這麼一問，更讓球衣男以為自己走錯店了。球衣男從不曾來過**KARMA**，漢克對生客用「今天」很奇怪。

「對，算是。」

但也只有奇怪的問法，才容易釣出更奇怪的回答。

「啊是就是啊，該不會是約了網友吧？」

「沒有沒有！」球衣男異常地驚懼聽到網友二字。

「別緊張，你之前沒來過吧?來，這是酒單，還有開水。啊，對了，我們今天的特調八折。」漢克快速遞上酒單與開水，還幫他點了一盞蠟燭。

「特調？在哪裡？」球衣男將酒單翻了翻，在昏暗的燭光裡尋索字碼。

「特調當然不在酒單上啊。今天的特調是用茉莉香甜酒調的。」

「多少？」

「兩百。」

「好，那就來那個。」

「嗯，那等我一下。因為剛開店，要稍微準備一下。」漢克雖然這麼說，但這正是要試探球衣男的開始。漢克從工作檯冰箱拿出切好的果飾，從酒架上拿起了一支透明無色的香甜酒，又從吧檯上特別準備的一個花缽裡，撈了幾朵茉莉花。在這些簡單又毫無累贅而輕盈如飛舞的動作中，漢克發現球衣男很專注地在看他，那種眼神，就像從不曾見過人調酒一般。更確切地說，不曾見過調酒師調酒；球衣男平常應該都是去便宜的暢飲店，看那些年輕不經事的酒水人員充當調酒師，所以才會對漢克的調酒方式這麼好奇。

灑花瓣？這在暢飲店根本是不可能的事情。

「來了，這是你的特調，舍利。」

「舍利？是舍利子的舍利嗎？」

「對，這杯酒是象徵成佛的證據，酒精濃度很高，要小心喝。」

「沒問題的！」球衣男接過了那杯高腳馬丁尼杯裝的蛋白色酒湯，一口氣就喝了半杯去。

「怎麼樣？會嗨喔！」漢克點點頭，似笑非笑地看著球衣男。

「還不錯嘛！難怪人家介紹我來。」

「喔？是誰介紹的？」

「一個叫做小雅的，你認識嗎？」

「小雅？我好像沒印象耶，不好意思，哈哈。」

「喔，她說她不常來啦。」

「那難怪。哈哈。」漢克用笑聲化解不必要的尷尬，但腦中正在思索哪個女客人的臉，可以對上「小雅」這個稱呼的。

然後就是一陣閒話，漢克與球衣男聊起了一些關於世界盃的事情。憑藉著在運動酒吧工作的那段日子所養成的興趣，漢克至少知道今年世界盃的十六強國各是哪些，又有哪幾位出色的球員。

十點二十四分，一個穿著體面，像是剛從婚宴會場離開的西裝男客走進店來。他向漢克打了招呼，也對吧檯上的球衣男點頭致意，在徵得球衣男的同意之後，隨手解下西裝外套，擱在球衣男旁邊的吧檯椅上，很自然地就座了。

而跟在其後的，十點二十五分開始，訂位的與臨時起意的酒客們一一入店，西裝男還沒來得及跟漢克講到話，只是領過酒單，就看著漢克跟實習工讀開始忙著帶位了。

「沒關係，我先看看酒單。」

「不好意思喔！」

漢克一邊幫沙發區的客人介紹酒單的同時，覷眼瞟見球衣男跟西裝男對話的生疏樣子，判斷兩人應該都是初次見面。漢克故意多花了一點時間幫鄰桌的人解說酒款，才好整以暇地回到吧檯裡。

「怎麼樣，聊那麼開心，想喝什麼呢？」

「不知道耶，我想等我女朋友來了一起點。」西裝男說罷，靦腆地笑了笑。

「喔，還有約人，那好。」漢克決定再推一次特調：「不然，你先喝今天的特調吧，用茉莉香甜酒調的，裡頭還有南方安邑香甜酒，味道很特殊；不過酒精濃度也很高，女孩子應該無法接受。」

「口感大概如何？」

西裝男問起了酒的口感，漢克還來不及說明，球衣男卻在一旁不以為意地訕笑著：

「酒能有什麼口感？水水的啊！」

「嘿！這你就不懂，酒有很多口感的。酸的、甜的、黏稠或清爽的、帶冰砂或純飲的。很多種呢！」西裝男不等漢克端出專業來辯駁，便提先出聲陳抗。

球衣男咂咂舌頭，沒敢繼續說話。

漢克見狀趕緊幫腔道：「他那杯就是今日特調，舍利，你看看喜不喜歡。」

西裝男向球衣男點頭致意，球衣男為了剛才的輕佻感到愧疚而將酒杯推向西裝男，西裝男便順手接走了酒杯，輕輕搖晃杯身，又嗅聞了兩下，沒喝，但卻一臉了然於胸的神色。

「那就這個吧。」

「好，稍等我。」

漢克轉身調酒，大概不到一分鐘吧，就來到最後灑花的階段。

此時，店門又開了。

「耶？你怎麼在這裡？」人沒靠上，聲音倒先飄了近前，走入店裡的是一位女子，喔不，漢克回過身定睛細看，是一位很像女子的男人。他戴著假髮，穿著亮麗的緊身衣與小熱褲。但是他的肩膀厚實寬碩，臉骨冷峻，濃眉玉眼的。

他一進店來二話不說就熟門熟路地靠上吧檯，拍了西裝男一下。

「我跟雅存約在這裡。」

「耶？我也是耶，她說這間店不錯，還說要介紹朋友給我，啊我們都認識八百輩子了，是要介紹什麼？」

「朋友應該還沒到吧。」

「那雅雅呢？」

「不知道，可能還在搭捷運。」

「那不管了，Bartender！」熱褲男揚起粗壯的手臂，高八度一呼喊，全場的人都在注意他。他好像是故意這樣裝腔作勢的，手腳動作都特別誇張，全身上下的關節都像設計過一樣，是專門來吸引目光的。

「要喝點什麼？」但是漢克畢竟是老資歷了，他才不為此大驚小怪，很自然地端上水、酒單、蠟燭。還有西裝男的酒。

「你這裡有什麼特別的？」

「今天的特調。」漢克說著說著，手掌翻開往吧檯的另外兩位酒客面前一比。球衣男的剩下一點點殘湯，西裝男正擎著杯子啜了一口。

「那就來那個。」熱褲男說完，扭回頭就繼續跟西裝男閒扯。他們親暱的樣子，還有親暱的原因，應該都跟那位叫做雅存的女子有關。

漢克將他們喝完的第一杯特調收了下來，又遞上了他們追點的第二杯酒。球衣男點了長島冰茶、西裝男點教父、熱褲男點柯夢波丹。都是傳統調酒。

大概就這麼維持了兩三個小時，球衣男沒有離開，也沒有去找其他桌的客人瞎扯，他甚至沒有加入西裝男與熱褲男之間的對話，不知道什麼原因，球衣男顯得有點落寞，低頭猛滑手機；他也不時往吧檯桌前挨近一點，想跟漢克多聊幾句，漢克卻老是被其他桌的客人喚走。

西裝男已經喝掛了，還不肯離開吧檯椅，搖搖晃晃地支頤，死賴活撐著；熱褲男變得異常地 Man，沉默寡言，聲音都低了兩個八度。那位不管是叫做「小雅」、「雅存」還是「雅雅」的女子，就像這三個男人的幻夢一樣，自始至終都沒有出現過。

兩點四十，漢克正要送單趕客人的時候，一個熟悉的身影走了進來。

「嘿！」一個膚色黝黑但看上去很乾淨，身形矯健似乎很重視體態的矮小男人還沒靠上吧檯，大手一招，漢克就感動得快落淚了。

「阿咪老闆！」聽到漢克這麼一喊，吧檯上的三個男人都回過頭來看了一眼叫做阿咪的男人。這個男人，就是運動酒吧的老闆，漢克的老師、老前輩。

「生意不錯吧！」阿咪笑道：「聽說十幾年的老江湖寶哥都被你逼慘了！」

「沒有啦，我只是很認真地盡自己調酒師的本分。」

「嗯，那好，我今天帶了個人，你倒杯百富，要十八年的。」

「傑瑞哥嗎？」漢克還記得，他的恩人傑瑞哥，總是愛喝十八年的百富。

「喔，你不錯喔，連這都還記得。」說罷，阿咪從口袋裡掏出了一個壓克力的圓球，球裡封著許多潔白的小珠子：「傑瑞哥，你看看這孩子，真不得了。」

漢克定睛看著那個圓球，是舍利塔。

漢克禁住了悲傷，更多的，是一種久逢的寬慰。漢克倒了酒，恭敬地端到傑瑞哥的塔前。他和阿咪不發一言，沉默了好久。好久。這八年的相離，也比不上這個片刻的沉默。

吧檯上的三個男人看懂了這氣氛，趕緊掏錢的掏錢，拿信用卡的拿信用卡，趕忙結帳離開了。

漢克請工讀幫他們結帳，並以微笑代行送客。

「那三個，是熟客嗎？」

「第一次來。」

「喔，坐到那麼晚？」

漢克便將今天早上接到的委託，以及今天晚上這三個男人的言行種種，還有KARMA的營業性質，都告訴阿咪。客人除了買醉之外，通常都是另外有求於漢克的。舉凡尋人找物、感情糾紛、法庭興訟、命案現場，他們都希望能參酌漢克的專業意見。

「那你知道是誰了嗎？孩子的爸？」

「就是剛才最後結帳的那個穿球衣的男人。」

「怎麼說？」

「從女人的角度來想。我有一個挑剔而且又太有品味的情人，早晚會把人逼瘋。從點酒的方式就看得出來，那個西裝男對調酒的認知不在話下，但他可能也是這樣子在品評女友的日常穿著打扮吧。身為一個女人的我，當然會想去找一個衝動單純、只需要脫衣服的關係。」

「所以是從次數和機率來推斷的嗎？哈！」

「可以算是吧，至於那個熱褲男，平常雖然是姊妹，但在西裝男那裡得不到溫存，到了球衣男身邊卻又沒有真愛；沒想到，轉過身來最要好的同志閨密居然全都給得起，大膽之餘，情不自禁，可能也有過一兩次。」

「你說這個女人怎麼樣？」

「笨，笨得可以。」漢克從吧檯底下拿出了三個同樣的馬丁尼杯。都是剛才裝過特調舍利的：「她根本可以不用花錢請我幫忙調查，但是她卻希望從我的口中說出事實，她是個沒有自信的女人。而且笨。」

「這三個杯子拿去驗DNA就有答案了！」

「對。」

「太精采了。」

「還好吧，我根本什麼都沒有做。」

「不，是你的推理太精采了。」

「為什麼這麼說？」

「來吧，跟我到外面。」

阿咪拉住漢克，硬要把他揪到外頭。

漢克不明所以，但也就順其自然地跟著阿咪走出店外。

店門外，霧和雨零星交錯，天雖然黑，但很快就要亮了。每天的這個時候，如果沒有委託或是其他的客人，漢克都會在打烊前出來走走。

迷茫的夜色中，馬路正對面的球衣男和西裝男站在一起，而熱褲男則推著一臺輪椅，上頭坐著的那個老人頂著牛仔帽，臉上一副大金邊眼鏡，留著長長的白馬尾。

「傑瑞哥！」漢克失聲大喊，熱淚也從臉上滾落。

「嘿！」

「這小子真的不錯啊傑瑞哥，我們的設定他都說得好完整。光是那個女人很笨，他就說了三次！」

「我知道的，我知道他可以的！」

傑瑞哥只是乾乾地擰了擰鼻子，依舊是那樣瀟灑。

「歡迎回家！」漢克接過熱褲男的手，將傑瑞哥推進店裡，帶他好好參觀這間沒有他就不行的 KARMA。

傘蓋

那時候，漢克記得，他還沒有建構一套標準作業流程，好去面對每一位生命中遇到困境的酒客。他雖然能提出很多意見，化解某些人埋在心裡頭甚至一輩子的疙瘩；也極有耐心地聆聽他們的心聲，一句句皆是釀自酒精的血淚；當然，他還懂得敷衍應付，那些借酒裝瘋半真半假的虛話。但從開店之後至少一年，他一直都沒有成為現在的他：一個靠著酒客提供線索，用一杯酒的代價來破解懸案的偵探。推理小說家的困境，就是他永遠不知道設計一個全知全能坐在安樂椅上，只要消耗一些灰色腦細胞就能破案的神探；還是一個懂得身體力行付諸實踐，深入到每一個險境中去破案的警部，比較能打動讀者的心思？推理小說家甚至也曾想過，有沒有可能這個世界上不存在偵探，也不存在什麼懸案，一切只是那麼地剛好，刻板的生活發生了一樁不尋常的小事，當事人毫無知覺，而旁觀者們，也就是那麼剛好，有一個邏輯組織能力特別好的旁觀者，幫忙兜串了所有的線索，於是宣告破案。

是的，就在走出上百冊推理小說砌成的書牆後，漢克推斷，這個世界上根本不該有偵探這個職業，又或者說，像「食神」一樣，只要有心，人人都可以是。所以自他接下了第一樁案件，就確立了他的收費方式：請酒客說一個故事，把原委交代清楚，點上一杯他的獨家特調，他就願意受理案件。當然，如果要包個小紅包回饋一下，他也不會拒絕。

從沒想過，這個附加在每杯調酒以外卻不超收服務費的服務，會意外讓他的小酒館KARMA知名度急起直竄，網路上還流布著各種關於他的傳說，最誇張的莫過於新聞記者曾經採訪過他，說他能夠請動那些早已石沉大海差兩天就要脫離法律追溯期的懸案當事人，儘管當事人根本作古多年，記者卻依舊誇誇其談地轉述當事人如何稱讚漢克的本事。這種幫往生者還陽的記者不在少數，臺灣記者的水準大家都心知肚明，倒是鄉民口耳相傳了幾件真正發生在吧檯上的事件，不管是推到紫爆還是分享破萬，當然少不了一些批評他濫用調酒師職權的噓聲，但總算是一致認為漢克的推理能力應該是當前數一數二，直逼法醫刑警的水準，PTT的鄉民正式封他為酒保神探，還有人寫了傳記，簡述他的背景以及豐功偉業。

至於是哪些事件，相信看到這裡的你，對於漢克破過的那些案件，都已經很明瞭，甚至也掌握到他破案的手法了吧。但漢克踏入這條路的契機，卻從未向任何人說過。今天，就是他正式成為酒保神探的第十年，也是小酒館KARMA的十周年紀念，他依舊不打算說出，那個颳著猛烈東北季風，女人帶著兩個國中男孩來投靠他的夜晚，究竟發生了什麼事情。

轉入秋天前後，女人就開始頻繁地來酒館。一領開襟襯衫，配上俐落的萊卡牛仔褲，有時候特別冷了，她會披上同一件黑色的薄外套；襟前露出白皙的肌膚與深刻可見的鎖骨外，還綴了一條單顆水鑽嵌在過氣臺墜的老式項鍊；長頭髮隨意紮成了一個托在頸後的髮包，露出一點散亂的髮絲，但總是洗得香氣襲人；隨興的白色帆布鞋，踏在不管是粗乾落葉還是泥濘的過道上，全然無所避忌。踏過幾個周末了，這派不為釣人更不為人所釣的姿態，反倒提起了不少人的興趣。

「好歹，對不對？幫我一次吧！」她坐上吧檯椅，痴痴地對漢克這麼說。

漢克沒有直接拒絕，但回應的表情有點尷尬：「你不是跟那個後來去當律師的賽琳娜很要好？請她幫你想個更周全的辦法吧。」

「找過了，她想的都是那些！你知道，我跟孩子都有申請保護令嗎？結果呢？還不是一樣！」被漢克拒絕到有點氣急敗壞了，配著一口飲盡的龍舌蘭，吁吁喘著酒氣。

「小芳，別這樣喝。」漢克看不過去，喊了那女子的小名。

「你別管我，你要真的想管我，就幫我想辦法。」

「我不能這樣做，而且這樣也不會解決你們之間的問題。甚至可能把問題搞砸。」漢克回想起來，當年還沒學到圓滑的應對技巧，算是間接激怒了小芳；也就是因為他的拒絕，才真正讓小芳陷入此生永遠難以面對的困境。不過這也是後見之明了，誰在那個當下聽小芳的委託，應該都會拒絕小芳的。

小芳雖然一連幾次被漢克拒絕，但她能夠跟前夫纏鬥至今，早練就了一身處變不驚的本事，彎腰低頭，伸屈自如；為了讓事情能有個了斷，才不得不又一次地重新複述那些過往沉痛的經驗，希望漢克看在交往一年有餘的分上，助她一陣。

「結婚十幾年了，我從來沒有埋怨過他薪水低，或是一直開除老闆換工作，我當他是有理想抱負，反正家裡不只他一份收入，怎麼樣都過得去；原以為這樣子把孩子帶大，撐到大學畢業，情況就會好轉，誰知道他迷上賭博，一賭輸了就喝濫酒，回來發酒瘋。打我就算了，還打孩子！終於離婚了，他卻跟蹤我，找到我家，喝醉了就來騷擾我跟孩子。我也只是想把這個問題徹底解決，才找你幫忙，想說你從事這個行業，應該會認識有門路的人吧。我等不下去了，誰可以保證他哪天不會對孩子做出什麼事情來！」

雖不過是三年前的事情，講到兩個孩子的時候，她還是會落淚。

漢克也非無情草木，聽聞了小芳的境遇，難免又想起了初次見到小芳時的情景；如今看見小芳的眼淚，要說完全沒心軟，那是騙人的，但理智告訴他不能用這種方式處理小芳的婚姻危機。小芳比漢克大了幾歲，兩個人處起來就像姊弟一樣，曾經面對的都是單純得幾乎只要決定早餐聽誰的主意，選定了看要吃麵包或是喝豆漿，世界就和平了的日子。久了，要面對的困難才像每次事後小芳口中蒸騰而起的煙圈，一圈套著一圈，層層疊疊，在頭頂上盤旋；漢克不抽菸，兩個人就像那盤繞在天花板上的煙雲一樣，漸漸淡了、散了。

所以小芳的出現與失控，皆讓漢克很為難。

不知道是什麼神挑鬼弄，或許小芳從來就沒有放棄打聽漢克的消息，聽說漢克開了店，頭幾回都帶著捧場的藉口來；到了中間幾次，這才說出她後來為了遇見像漢克一樣這麼好的人，終於戒菸；本以為可以如願了，卻突然又醒在一場惡夢裡。這別後種種，漢克默然地聽，他不知道要說什麼，或者能說什麼。一個前前前前前，不知道多前的男友，有什麼立場去評斷前前前前前，好前的那個女友，在離開了自己這麼久以後，堪稱是精挑細選後的丈夫的不是呢。

更何況啊，漢克對自己說，人家吃的鹽還比自己吃的米多呢！

「好吧！不然，你找人揍他一頓就好了。」像是退而求其次一樣，小芳提出了讓步的方案：「反正你說不要弄出人命嘛，就打殘他，讓他知道我不好惹，就不會再來找我們母子的麻煩了；這樣，你就比較願意幫忙了吧？」

「這樣並沒有比較好啊。小芳。」漢克說：「我知道你受不了這種曠時費日的纏訟，但對這兩個孩子最好的辦法，就是你們大人和平圓滿地把這件事情結束吧。以後，這兩個孩子長大了，難保不會對他們的父親又有別的想法啊！」

「能有什麼想法？」

「你不是說，他是後來這幾年才開始染上賭博的惡習嗎？那你的孩子至少有經歷過他是個慈祥父親的童年啊。」

小芳回不上話來，但她絲毫不想放棄，只想從漢克這裡尋求到一點「非正規」的協助。

兩人話說得愈來愈小聲，也說得少了。小芳看著漢克在吧檯內忙著，不由得，也對自己的幼稚感到有些不耐。如果每一個早晨都依順著漢克的意思去喝一碗熱騰騰的新鮮豆漿，不要成天吵擾著想吃一客少說兩百多塊的早午餐，是否今天自己的命運就會比較不同了呢？可惜，後見之明只是徒增煩惱而已。

話題就這樣散佚在嘈耳的樂音聲與酒客的喧囂中，約莫到了午夜一點，小芳寂寞離去的背影總是把漢克惹哭，只是他得忍著，忍到收吧後，躲在無人的夜裡暗自啜泣。這樣的狀況上演了快要一個月左右，彷彿小芳一得空，就往漢克這裡跑。漢克把她當成了熟客來接待，但也沒有考慮過她的提議。小芳本來是希望漢克提供一些管道，看能不能把她的前夫徹底解決掉，漢克當然不可能答應這種犯法的要求；即便是現在的漢克，他也會拒絕的。直到局面變得完全不可收拾，漢克有時候會懊惱當初幹麼不隨便答應小芳的要求算了，把這個責任拋給黑道、拋給打手，自己也不會惹上這一身臊。

小芳最後一次來KARMA的那天晚上，漢克永遠都忘不掉；有時候連睡覺都擔心會從夢話裡說溜嘴，只能盡可能地不要想起。

大概是第九周，小芳與漢克重逢以來，正式邁入第三個月，但總是獨來獨往的小芳，今晚左右手各牽了一個比她還高一個頭的男孩，兩個男孩長得十分相似，但神情卻截然不同；一個彷彿還處在驚嚇中，緊抓著小芳的手掌不放，眼珠骨碌碌地打量著小酒館內的人們。另一個則意味盎然地看著漢克，以及漢克身後的酒櫃，色彩繽紛燈影迷魅，都打映在他烏溜溜的眸子裡。

「喂！小芳，他們還未成年吧？這樣不行啦！」

「我就說，我就說我……」小芳肩頭抽抽搭搭地哭著說話，字句都模糊在小酒館的背景音樂裡頭；兩個男孩比他們看起來的樣子還成熟，就連那神色驚恐的孩子也反過來拉著小芳的手，安慰著她要她別怕。

漢克知道是躲不了了，但也不能讓未成年的孩子待在他店裡，心一橫，將母子三人都拉到閣樓上。小酒館 KARMA 是一棟一層半的獨棟房子，一樓作為酒館空間已經足用，一個小夾層閣樓就充當漢克的休息室。但這休息室也不馬虎，垂著吊燈，照上了糊滿壁紙的牆面；小沙發、實木書桌、敷著一張絨毯墊子的雕花椅，果真有一點偵探小說的氣氛；簡單不失典雅的裝潢和擺設，透露出漢克起先應該有想運用這個空間的打算，只是不知道什麼緣故而中斷了。

「為什麼把孩子都帶過來了？」

「因為……因為……」小芳吞吞吐吐，漢克卻看懂了這不尋常。

「不會吧，你真的把他給？」漢克不敢在兩個孩子面前說出那個字，他難以置信地看著手足無措的小芳。他從未見過這樣的小芳，一來是因為小芳的年紀比他大，凡事，小芳都展現出大姊姊的風範，絲毫不漏氣；二來，回想起當年，還真的想不出有什麼天樣大的事情會讓人手足無措。

「對，是我。都是我。」小芳哭著這麼喊出聲來的時候，漢克倒緊張了起來，趕緊上前掩住她的嘴。

「噓！」漢克看著那兩個孩子。

「喔！」小芳也順著漢克的視線望著那兩個天真孩子，驚覺自己失態了。

「你，你慢慢說，別嚇到孩子。」

小芳也很久沒被男人安慰了，漢克才剛說完，沒讓她穩住情緒，反倒又多擠了幾兩眼淚出來。

「我沒有跟你說的是，每次我來的時候，這兩個孩子如果不是托給鄰居，就是讓他們在這邊巷口的超商等我。我完全不敢讓他們兩個人獨自在家裡，尤其是晚上的時候。」

「為何不搬家呢？」漢克很早就想問她，既然前夫會來騷擾，保護令又沒有即時預防的效力，擔心孩子安危的話，應該早早搬走才是。

「搬過，但我的公司太好找了，所以我前夫只要從公司跟蹤我，終究會知道我家住哪。」小芳當然想過任何避免的方法，會去找賽琳娜、會來找漢克，都是她付出的努力。

「這兩個月都這樣的話，那孩子們上學怎麼辦？你不到一點多是不會離開的，不是嗎？」漢克這才看清了兩個孩子臉上的倦容，一個是眼圈黑，一個是額頭上冒著一顆顆怒脹的痘子。

「是，但如果不這樣，我真的放心不下。前幾次我前夫都是趁著半夜到我家來亂的，狂按電鈴、拍打鐵門，在樓下叫囂，弄得鄰居都看我們不太順眼。」小芳說：「我也不想犧牲孩子的睡眠。每次來拜託你的時候，我是真的很焦慮。」

漢克反駁她：「但是我已經告訴你，這是不可行的了，你何必這樣執著於一個沒什麼意義的手段呢？你這樣不是讓我對不起這兩個孩子嗎？」漢克也不知道怎麼會有這樣的歉疚感，明明不是他的骨肉，可卻彷彿和他有著神祕的牽連。

「因為我已經沒有人可以拜託了。賽琳娜幫我申請了保護令，但根本來不及保護我們，我又不想讓父母擔心，或者把孩子送去他們那邊，反而會連累他們，才會找你，出此下下之策。」

話說從頭，漢克只覺得喉嚨乾啞，一口氣兒堵著不知是何緣故。好似今日小芳的一切，他都得擔負著幾分之幾的責任，一反常態地忽然問起小芳：「那你現在要我怎麼做？」

「現在做什麼都太遲了，就是我得去自首了。」小芳說到自首二字，那兩個國中男孩哭成一團，死揪著小芳的衣袖，不讓去。

「媽！這又不是你的錯！」

「不，都是媽不好，你們別說了。」小芳阻著兩個孩子，對漢克言道：「事到如今，只有我自己去面對了，如果我怎麼了，請你幫我照顧這兩個孩子。」

「不，別這樣想！」漢克猛然一個念頭閃過，也就是這個念頭，從此推著漢克走往未知的方向，乃至走到今日的局面：「你帶我去吧！」

「去哪？」

「你家！」

說罷，漢克又拉著母子三人下得閣樓來，交代了工讀生幾句話，便同搭一臺計程車，往小芳租賃的三樓公寓駛去。

那是一棟緊鄰著河堤的老公寓，小芳他們一家就住在三樓，公寓離河堤很近，在三樓的窗外僅可以窺見一點點河堤邊的景致，大部分的視野都被堤防遮住了。如果是五樓的話，景觀應該會更遼闊。

漢克根本不知道自己將面對什麼，就這樣硬著頭皮，一種偽做人父的虛榮感，帶領著他踏上老公寓一級一級的階梯。

「到了。」

「開門吧。」

門一打開，濃厚的血腥味撲鼻而來，漢克下意識將兩個孩子拉進門內，也把小芳帶到一邊，輕手輕腳地將鐵門關上。小芳口中那個脫軌的前夫，仰著臉倒在不及膝蓋的茶几桌邊，外觀看上去沒有外傷，尚不知道血從何來；漢克頭一遭碰上命案，也是第一次親眼看見沒被殯葬、法醫處理過的屍體，卻不知道哪裡來的膽量，第一時間跨步上去，抽了幾張茶几上的衛生紙，隔著衛生紙，輕輕翻動那個男人的手、腳、頭。似乎有點僵直了，漢克從那些推理小說形容的死亡時間判斷，啊，怎麼判斷，要怎麼知道現在這具屍體是「幾分硬」呢？不過，當漢克翻起他的腦袋，已經能大致推斷死因，以及死亡時間了。

傷口就在腦後，正確地說，是腦幹的位置，有一處應該是茶几桌角或是某種鈍器造成的外傷，流出的血量，漢克估計一下，大概不超過一杯馬丁尼。漢克雖然沒學過正式的刑事鑑定，但畢竟是朝夕跟液體相處的，血液的濃稠度透露出這些血流出來至少有四、五個小時左右，已經有少部分的血液開始凝在地上了。

「這是怎麼發生的？」漢克感覺到自己的心跳拍數愈來愈急促，但他還是得穩住，是小芳來求他幫忙，也是他一直拒絕小芳，才造成這個局面的。

「他說，他要見孩子最後一面，以後就不再騷擾我們了。他還拿了一張預先寫好的切結書，說就差我簽名而已了。我以為他說的是真的，就開門讓他進來，結果他一進來，就把門反鎖，說什麼要同歸於盡。」小芳邊說，指著地上一片碎紙破片，那騙人的切結書，漢克取了其中比較大片還可以辨認文字的部分，上頭根本不是什麼切結書，只是電腦胡亂打印的新細明體。

「你們發生了推擠嗎？」

「嗯……嗯……。」小芳已經沒得力氣再答話，身子癱軟跌坐地上猛哭。漢克看著兩個安慰母親的孩子，三人哭成一團。兩個孩子的聲音哭得特別急，驚慌、恐懼、憂怖、無助，全都藏在兩個孩子的哭聲裡。漢克確定這個男人沒有其他外傷，但心裡頭卻起了一點疑慮，暫時還不敢說出口。

「先處理他吧！」畢竟看了許多推理小說，該怎麼做，漢克推開窗戶，再次仔細地看了一下河堤那片草地，心裡已經有底了。

河堤邊容易起風的夜裡，小芳住的社區果真寂靜悄然，連鐵製衣架被風吹動敲打曬衣桿的聲響都清晰可辨。也是這樣的夜，小芳家忽然響起一陣巨大的重擊，從外頭聽起來，分不清是什麼東西掉落的聲音。緊接著，就是男人咆哮的聲音：「我走，我還把兩個孩子都帶走！」

前後也不過一分鐘左右吧，對門的鄰居李太太跟樓下獨居的林先生都跑到小芳家門口，敲著她家的鐵門。

「喂，幾點了，別人還要不要睡覺啊！」

「小姐，你們家再這樣，我們要報警了喔！」

話才說完，一個男子「砰」地一聲打開鐵門，蒙頭蓋臉地推開了外頭的鄰居，一古腦往樓下衝。鄰居沒也沒瞧仔細那是誰，但看那男子聽到要叫警察就形色匆匆，想也知道是先前來騷擾小芳的前夫吧；本來是盛怒著被打擾了安眠，不想也順水人情幫了母子仨一把，帶頭的李太太只得有些虛偽地探著頭問句：「你們都還好吧？沒有受傷吧？」

「沒有。」兩個孩子回答道。

「媽媽呢？」

「還沒回來。」

「嗯？那個男的是？」

「是我爸爸。」

「他是對你們大喊嗎？」

「不是，他跟媽媽講電話。是聽到你們要叫警察，他才跑走的。」

「還好還好，你們下次別亂開門知道嗎？大人的事情，讓他們去解決就好。」李太太安慰兩個孩子完，還像個當娘的一樣責念了小芳：「是說這個做媽的，半夜一點多了還沒回家，是去哪裡野了？」

「媽媽去幫我們買明天的早餐。」

「喔喔，待會就回來了吧，那你們小心一點，把門關好。」

「好。」

等到所有鄰居離開後，本來躲在家裡的小芳，才在兩個孩子的協助之下，拖著已經僵直前夫，拖到一樓鐵門口。還沒出鐵門，小芳撥了 LINE 的電話給漢克：「你可以回來了。」

「好。」

漢克一回來，小芳就開門接應他，在一樓鐵門口內，漢克身上穿的是小芳前夫的衣服，而小芳的前夫則穿著漢克的衣服。

「準備好了嗎？」

「嗯。」

「三、二、一！」

漢克一個勁兒拖著小芳前夫往鐵門外去，小芳則跨出鐵門半步，手裡做著揮趕的動作，臉上充滿嫌惡；彷彿要靠著這樣的演技，將她半生的穢氣都掃去一般，隨手還抄起了一樓鐵門口的掃帚，追打著離去的兩個男人。

漢克頭也不回，獨力將小芳前夫拖到附近的河堤，挖了個土坑，要將他埋在裡頭；但在入土前，漢克拿了一把小芳給他的黑色折傘，硬是將傘柄往小芳前夫的喉嚨裡塞擠，確定塞實填滿了之後，還托著小芳前夫的下巴，用力往傘柄的方向咬合，確定傘骨出現了一圈齧痕後才收手。

這幾件事情做完後，他才安心地將小芳前夫下葬。並且盡可能地恢復成沒有被翻動過的樣子。接下來，只祈禱冬雨可以快來，將土推洗成一片泥濘難辨，新舊不分，短時間內，應該是萬無一失的。

「喂，我搞定了。」

「嗯，謝謝你。那我接下來要怎麼辦？」

「你帶著這把黑色折傘，挑一間酒吧，固定喝同一種酒。我建議純飲威士忌，或是你怕太醉，就喝威士忌可樂。這傘就請調酒師幫你保管。」漢克補述，一個會點單一種口味、廠牌威士忌的酒客，比較能被調酒師認得；一個無論如何喝不下酒都要用那種威士忌調可樂的，更會被調酒師牢牢記住。

「然後？」

「接下來你可能要辛苦一點。平常你都要挑一個時間來河堤邊慢跑或散步，主要是觀察一下土堆有沒有被人或被野狗翻動。」

「那下雨呢？」

「下雨你就上酒吧去，喝個七分醉後，帶著另一把傘去河堤邊散步。」漢克說：「無論如何，你都要有充分而且合理的理由，天天出沒在河堤邊。但是犯案的傘一定要留在你常去的那間店裡。你就跟調酒師說，你怕哪次來會忘了傘，就請他先保管一把傘在店裡。反正下雨天你就去那間店裡喝酒吧。」

「我懂了。那如果土堆被發現了呢？」

「我已經在傘柄上抹了安眠藥的粉末，腦後有撞擊，食道中有異物入侵破壞的痕跡，以他這種被尋仇似的死法，再加上他好賭的前科，應該會纏住警方一些時間。等到警方真正盤問到你的時候，你一定要記得我們剛才演過的戲。是你的前夫帶了朋友說要談離婚協議，結果沒談成，被你趕出門去，後面發生什麼事情，你一概不知。」漢克說道：「監視器先拍下你的前夫上樓，接著是你帶著孩子跟我上樓；然後拍到我跟你前夫被你趕出去。這樣兜串起來，應該是不會有什麼破綻的。」至於孩子們騙了李太太說小芳不在，那也可以視為是小芳擔心家醜外揚的一個推託之詞。

「好，我懂了。有狀況我隨時跟你聯絡。」

「等一下。」

「嗯？」正要掛上 LINE 通訊電話的小芳一怔，似有預感，漢克有什麼嚴肅的事情想說。

「現在就我們兩個人，你說吧，是孩子幹的吧？」

「你說什麼？」

「你的前夫，其實是孩子們聯手殺掉的吧？」

「……你為什麼知道？」

「你的前夫死超過四個小時，你有我的 LINE，卻沒第一時間告訴我。也就是說，你的前夫早在你到家前四小時就已經在你家裡了，你一回家，見到前夫死了，便想到要趕緊找我幫忙。而且你教育過兩個孩子，他們沒那麼傻，你前夫要騙他們開門，應該不是容易的事情。所謂的切結書，只是你隨手拿了家裡的影印廢紙，撕成碎片假裝的。」

「他們不說，他們不告訴我為何我前夫會死在家裡……」

「他們也嚇壞了吧，哭成那樣，他們只是想幫你出口氣而已。」漢克從那個鈍器造成的傷口，大概可以想像兩個孩子可能本來只是要把父親敲昏，卻不慎用力過猛，硬生生把人給敲死了。

「你不忍心讓孩子去感化院，再加上有申請保護令的前提下，你也只能算是自衛殺人，就算關你也不過關個三年吧，所以你才打算自己扛；你只是怕有破綻，所以請我幫你忙。」

「那你想出來的這個辦法，真的不會有破綻嗎？」

「放心，至少那兩個孩子絕對不會有事的。」

「那就好，那就好……」

LINE 的電話那頭，小芳已經哭得說不出半句話了。她這個做媽的，能做的就是給孩子們平安的未來。因為過去已經輸光了。

番外篇

問長頸鹿去吧

1

通常，酒館接近打烊的時候，我是不會接案子的。我告訴自己，無論和酒客或委託人的關係多麼好，我必須衡量獨處的時間，緩衝我的晝夜作息。否則，把尋人尋物當興趣的我，早晚要腦神經衰弱，被困在日與夜都不得鬆懈的交替中。

可是就像減肥的人總會在睡前不小心破戒飲下一口全糖奶茶，一旦委託擺在眼前，我總是急促地喘著氣，有點興奮且無法抗拒；事無大小，只要是合理的委託，不殺人放火，也不協助殺人放火，基本上我都照單全收。

小酒館的鐵門半捲，最後那位只點了一杯酒的長髮女酒客也結帳離開了，吧檯桌上卻留下了一個奇怪的鐵盒，鐵盒的底下壓著一張卡片；是個帶有五碼彩色數字鎖的小鐵盒，那張卡片的內容還沒來得及看，店裡的電話就響了。我下意識地回頭看了一下電子鐘，凌晨四點十分，平常的這個時候不太可能會有電話。

「我是今天一個人坐在吧檯的女生，剛剛最後走的那位。我想請問，是不是有一張卡片跟一個鐵盒掉在店裡？」

「是，您是長頭髮、點琴費士的那位嗎？」既不與人攀談又不和我多聊半句，不知道她的姓名。她只點了一杯酒和一份薯條，剛好抵付低消；完全不打算虛耗能量似地杵在吧檯桌前，還待到最後才走的；手機滑不膩地刷刷刷刷，一個晚上把手指頭的肌腱練上了幾個階都不止。因此我對她當然很有印象。

我也無法和她聊上什麼，她那過度單純天真的態度，對任何話題都沒有進一步的見解或興趣，三兩下就把話題終結，是個頻頻句點人的狠角色。在她那有點傻萌的氣質襯托之下，總以為她是第一次走進酒吧消費，所以酒點得保守，基本的打屁也不會。後來從她略顯豪氣的舉杯方式，還有那雙冷然回絕所有搭訕的犀利眼神，我敢斷言，她是刻意這樣登場的。為了要隱藏什麼而塑造出距離感，這種人我看多了，多半都有事情要來委託我。嗅出她的來意，可一直等到結完帳，拉下鐵門了，卻都沒聽她親口或回頭要委託什麼；她扭頭就走，留下一個鐵盒一張卡片，和錯愕的我。我是在擦吧檯桌的時候，才發現那個鐵盒就這麼放在我的視覺盲點；當我的調酒作業正在進行的時候，我很難注意到吧檯的最裡側靠牆處。而鐵盒和卡片就在那裡，那位長髮女子坐了一個晚上的位置。

「是這樣的，這張卡片其實是邀請函，一位十年沒見的朋友希望我過去，可是我明早就要離開這裡了，我又無法連絡上他；你可以幫我去找那位朋友說一聲，然後把盒子還給他嗎？卡片背面就有地址。」接起電話裡的絮絮叨叨，浮現她那應該是為了防止被人打擾的偽裝，可有可無的表情冷慘慘地。

晚上我是調酒師，可是白天，小酒館門外的信箱不時會出現各種委託，希望我能幫忙尋人、尋物，或是找出罪犯凶手、情人炮友。大案件我從未辦過，但小狀況倒是見得不少，所謂名聲，大概也就是網路爆卦口耳相傳而已。的確需要經過委託人的反覆檢驗，才值得信任，我自己也希望委託人多多觀察，最好能夠掌握到我查案的分寸。我猜，她的寡言，絕大部分也是為了要仔細觀察我吧！

我壓著一邊的耳朵聽電話，兩隻手捧著鐵盒，還搖了兩下，有不少東西在裡頭的樣子，聲響紛然。

邀請函和鐵盒既然都是寄來的，委託人何不自己寄回去？

「就這樣？」我質疑的不是委託太過簡單，而是在有 LINE 的年代，還能接到這種古典黃金推理劇場才有的任務，也算是夠令人驚喜的了。是什麼樣的邀請，讓她必須透過第三者的轉遞，甚至連那似乎是作為禮物的小鐵盒都要一併送回？

不會是炸彈吧？但我已經搖過了。

她的委託沒有道理。或者說，她的委託應該不僅僅如此而已。

「對，就這樣。萬事拜託了。」電話那頭沒讓人多喘半口氣，悶哼掛上電話。

電話結束，四點十五分。打烊的時間早已經過了，小酒館 KARMA 自開業以來，很少會在這種時間接到電話。除非前一腳離開的客人想起了忘記的東西打電話回來，大概就是雨傘手機皮夾外套之類的，請我代為保管幾天；再不然有一兩次是客人偷偷酒駕卻在半路出車禍了，一時間他們能想得起來、幫得上忙而且還要醒著的朋友，大概也只剩下我了。接過幾通救命的電話，往後這些傢伙是休想到別家店去喝酒了，喝一次就算對不起我一回。

我看了一下卡片，內容是這樣的：

To My Dear Y

這是那年冬天，我送你的聖誕禮物……
是我們兩人的回憶
但你，有收到我的心意嗎？
帶著一同埋下的時光寶盒
裝著我們的寶物與對未來的期許
回到那年一起遊玩的倉庫
你，將會發現我的心意

最後、最重要的東西
我就放在「她」的心裡
你，可以找到嗎？

XXXX年十二月二十五日　N

有點沒頭沒腦，甚至也不像電話中說得那樣，這張用詞過於親暱的卡片不能稱作是邀請函。倒像封挑戰書。挑戰我推理能力的挑戰書。確定了卡片背後的寄件地址，距離有點遠，得轉捷運、火車、客運三趟車；我早早把店內整理完畢，決定睡在店內的小閣樓上，把備用的新衣服拿來替換，省去回家往返的時間。為了趕在明天開店前回來，我設了八點的鬧鐘。只夠睡三個小時，還少一些。

2

到那個指定的地址時，已經下午一點了。

我從未親眼見過這樣的房子，儘管門牌號碼和方才住民的指引都正確無誤地�驗了我眼前用一片片木板木條「箍」起來的房子，就是卡片背後的地址，但依舊難以讓人相信在這棟美式影集裡才會出現的房子，幾乎是座穀倉的感覺，居然會有地址。難道真的有人住在裡頭嗎？我還沒敲門，就先注意到門上一道道因為木板間隔而產生的縫隙，雖然小得只夠指甲伸入，但也可以窺見裡外。我不擔心屋裡的人跟我做出同樣的動作，便湊上半邊臉，瞇著一隻眼就往裡頭瞧。承接了委託，而不得不拜訪嫌疑人或證人家的時候我也會故意盯著貓眼，讓對方誤以為我知道他正在看我；那彷彿一眼洞穿所有事象的目光，多少可以嚇倒一些膽子小的人，逼他們早早吐露實情。

我沒有如願地和屋內的人兩目相對，只看到裡頭漆黑一片，頂多靠著木板的疏漏而散入的稀薄陽光，隱約地照出了裡頭狹窄的空間，似乎也沒有什麼家具的輪廓，人味索然。

當火車窗外的景色，逐漸從大樓變成平房，馬路也化為阡陌的時候，我就已經預料到卡片的地址應該是一個偏僻又封閉的村落；為了到這種地方我得忍受快要報廢的雙層客運車在田野間的產業道路上顛簸搖晃，而且似乎還翻過了一個小山頭；當我從火車站走出來，看見客運車站居然是民宅自營的雜貨店，由雜貨店老闆娘賣車票給我的時候，基本上，這趟旅程該有的心理準備，都已經很充分了。

直到真正踏入這棟穀倉般的房子所在的小村，我才意會到想像其實是不可靠的。實際情況可能比想像更糟個幾倍。

當我準備走出客運車門的時候，習慣性地回頭向司機說聲謝謝，赫然發現下車的只有我一個；沒有人要坐到這個小村或說是小鎮。地址上是寫某鎮，但走出車門，四顧左右，我總覺得這樣的人口規模應該只能算得上是個鄉村。住得太稀落了，民家與民家之間，間隔距離都有些遠。客運關上了車門，調轉回頭，在狹窄的馬路上扭了一個大拐後，便循原路回去火車站的方向；一位鎮民從我下車以來就盯著我瞧，但是當我要上前向他詢問地址的時候，他卻別過頭，一見到我靠近，就轉身往另一個方向走。後來又是幾個鎮民，大多都是避著我的。上一次有外地客來拜訪這裡，應該也是好幾年前的事情了吧，所以讓他們這麼畏懼外人嗎？我沒想到會面臨這麼多的困難。就因為外地客的身分嗎？

如果不是因為回程的車票也是由當地的小店家——沒有招牌的便當店來販售的話，估計我還沒辦法那麼快找到地址上的這間小穀倉。老闆為了賣車票給我，不得已跟我講到了話，而我也就打蛇上棍開始問起卡片上的地址。

「這不是那個誰家嗎！」便當店老闆回過頭，嚷嚷著他的老婆：「喂老婆，又有外地的要找那間房子耶！」

「是年輕人吧！愛探險，叫他們不要去，會中邪的。」一個中年婦女的聲音從店後方傳來，然後是塑膠拖鞋在地上劈劈啪啪的聲響，老闆娘手裡還抱著一個塑膠盆，裡頭裝滿了剛切好的蔥花：「跟他們家扯上，都沒有好事的。」

「請問是什麼樣的事情呢？」

「你別問了，我車票賣你，趕緊調頭吧。下班車要一小時，但還算來得及。」

「不，我必須去。」

「你是他們家的人嗎？住在鎮外的子孫？」

「不是。」

「好吧，我告訴你在哪裡，但我不會多說其他的事情。」老闆簡單地畫了一張圖，把路線和建築物或地標之間的距離都畫出來了，而且還標記了步行所需的大概時間，然後得意洋洋地說道：「這圖我沒有畫過上百，也有七、八十次了，只要來這裡的人，都想去看。」

「然後你都會告訴他們嗎？」

「不一定，像你這種鐵齒的，我們就會讓他去。」

「原來這麼多人跟我一樣不信邪！」

聽完了方向指引，依循路線圖，我找到穀倉的時候，天氣晴朗，一派正午清春的微風襲來；如果不是因為委託的終點是奇怪的穀倉，我現在應該已經早早把鐵盒交還給某個人，然後還有點時間可以在鄉間的田埂上悠閒散步，等待下一班車的到來。

這不是個適合發生懸案的天氣。

「您好，咦？」

我試著敲敲木條釘成的門，但是手掌一貼上去，門就自己開了。交付的鐵盒子鎖得很嚴實，家門卻敞開？對委託的疑惑愈滾愈大，但阻止不了我進去穀倉。

「有人嗎？您好？」

再一次確認裡頭沒人，我把手機的手電筒功能打開，一手抱著鐵盒，一手伸得老直，往眼前的灰暗空間探去。腳步才剛踏進穀倉裡，就有一股不屬於這個季節的寒風在身邊流動。

「我自己進來了喔！」我依舊不忘再次確認，才正式走進穀倉內。

忽然，我感覺到背後一陣猛烈的風勢，然後是「磅」地一聲巨響，我眼前的空間變得更黑了；回頭一看，身後的門果然被關上了，是風吧，我心裡才這麼想的時候，要往前一推，卻發現那破兮兮的木門竟推不開了。

我用手電筒照了門的四個角落，確定沒有被異物堆塞；又從木條縫隙中往外頭窺看，靜悄悄地一點人影人聲都無有。反過來了，我變成長年幽居在穀倉的怪異住民，縮頭縮腦地看著四周，直到眼睛逐漸適應了黑，我確信，我被鎖在這個穀倉裡，而這也就是卡片上說的倉庫吧！委託似乎正式開始了呢。

3

手機的燈照上了一面牆，牆上貼了一張白色巨大的、不知道是圖畫紙還是壁紙，紙上用幼稚的筆觸，畫了長頸鹿、兔子、貓還是豹之類的貓科動物。那應該就是孩子的手筆，在這種房子裡長大的孩子，會擁有什麼樣的人格與價值觀呢？我好奇地往前探了一步，想看清楚那巨幅的畫，不想，卻踢中了腳邊的一個異物。

手機下意識地趕緊往下方探照，是一本綠皮的書。應該是筆記本。

鐵盒放一邊，我翻開筆記本，開始用手機的燈來解讀它：

今天ㄎㄞ ㄕˇ 一ˋㄠ ㄓㄨˋ在奶奶ㄐ一ㄚ媽媽ㄎㄨˋㄞ來ㄉㄞˋ我回ㄐ一ㄚ
（今天開始要住在奶奶家，媽媽快來帶我回家）

是孩子的日記本。但是沒有標明日期或年月。注音與國字夾雜，且兼有色鉛筆的圖畫。我花了一點時間，才終於能夠適應這樣的日記風格，乃至於愈看愈快，也因此更能確信，這座穀倉不是住家，或者說，在這本日記寫成的年代時，這座穀倉只是個沒有門牌的倉庫，地址是後來加上去的。孩子們到這座穀倉來玩耍，留下了塗鴉，還有這本日記。

我順著日記的描述，注意到地上散落著玩具。那些玩具都有點年代了，但卻沒有什麼灰塵，我警覺到這應該是一個精心布置的陷阱。

但是要抓什麼人用的呢？

按照卡片上的筆跡，還有女酒客的說法，鐵盒與這趟邀約，是發自她十年前的朋友，也就是卡片署名的N。我如果判斷女人的直覺還沒有失準的話，長髮女酒客的年紀，大概二十出頭，且不會超過二十二，應該是大學生。她的十年前也不過是個小學生，難道面貌姣好的她，曾經在當時欺凌小學同學，所以惹動了小學同學這遲來的殺意嗎？這樣的推論未免太小說了，率先被我刪除。而且小學生應該會用很多國字了。何況女酒客與我非親非故，想謀害我的可能性非常低。

他們ㄐ一ㄚ好大有一˙ㄍㄜ大ㄘㄤ ㄎㄨˋ他們ㄕㄨㄛ ㄌ一ˇ ㄇ一ㄢˋ有ㄏㄣˇ多ㄍㄨㄞˋ ㄉㄨㄥ
ㄒ一下ˋㄘ一ㄑ一ˇ去ㄊㄢ ㄒ一ㄢˇ
（他們家好大，有一個大倉庫，他們說裡面有很多怪東西，下次一起去探險）

日記的主人，不是這個村鎮的人。而且在某幾頁裡，日記主人的奶奶提到，如果接觸這個有自家倉庫的家族，會招來厄運。大概就是些鄉野怪談吧，不過，一路上的鎮民都對我的身分感到好奇，甚至問起我是不是他們家族的後代，我想，可能真的發生了什麼難以解釋的事件，在這個純樸又與世無爭的地方，一點點難以說明的現象，就足以成為全鎮的禁忌與厄運。而日記特別奇怪的地方，就是有五個頁面上，都另外貼了彩色螢光的便利貼。稍微逆推十年回去，這種便利貼還不是很普及，一般都是純黃色的3M。那就是這幾年才貼上的吧，而且便利貼上也寫著工整的字跡了，斷然是後來貼的。

「你就藏在細節裡。」
「還記得當年的密碼嗎？」
「皇后陪伴著皇帝。」
「你是我心中的唯一。」
「回憶之中有顆心。」

這些像是暗號又像詩的句子，對應的日記頁面似乎也有一定的關連性，有些塗鴉甚至和便利貼可以呼應。我環顧穀倉四周，幾個從天頂懸吊而下的細麻繩，上頭綁了各種娃娃布偶，擬作上吊的樣子，似乎是有點不吉的詭異兒戲；日記本上也畫了、寫了關於一個倒吊的女子。另一個牆上用蠟筆畫了一張蜘蛛網，散落的塔羅牌和撲克牌應該都是小孩學起了大人的儀式；日記本裡也提到塔羅牌。如果說，這個穀倉或這個家族真的有什麼奇怪的東西，果真能召喚厄運，加上整個村鎮對於這個家族的畏懼，那麼，我吞了一口口水，我可以很確定地說，我所在的這間穀倉，應該就是當年進行儀式的場所。也極有可能是什麼儀式失敗或是不祥事件發生的第一現場。

這就是當年的記憶吧！跟卡片上說的一樣。

倒吊的洋娃娃，穿著紅色的衣服，仔細看的話，會發現娃娃的手腳其實是可以拆卸的。

我彷彿看見了三個孩子，按日記上說的，在這裡偷偷地作遊戲。小孩子的遊戲是超乎大人想像力的，每個小孩長大成人後，不知道在哪一個夜裡，就把所有的想像力都丟還給星星月亮了吧。

日記主人和這個家族的兩個孩子常來這裡玩耍。那兩個孩子長得一樣，都是女孩的樣子，那應該就是女雙胞胎了吧。啊，我搖搖頭吐槽了一下，這是什麼「零～真紅之蝶」的劇情啊。兩個孩子中，有一個女孩子可以看見不尋常或不存在的人，另一個比較安靜的女孩則沒辦法。由於整間穀倉的氣氛都和神祕學離不開關係，我認為這是個靈媒家族，那麼一路走來的所見所聞就更有說服力了。並非每個孩子都繼承了家族的靈能力，靈能力的繼承方式應該比想像中的複雜。日記主人說她們都很漂亮，還送了一個洋娃娃。

我又回頭看了一下那個洋娃娃，至少有一個答案在裡面。

我在塗鴉和蜘蛛網上試圖尋找其他答案。因為我很快就從便利貼的顏色和數字鎖的顏色知道，鐵盒的密碼和便利貼的詩句有絕對關係，只是需要解讀。我看著長頸鹿、貓、兔子的塗鴉，比對了地上的玩偶、天花板懸吊的洋娃娃，我猜想，設下這些題目的人，是這三個孩子中的誰呢？蜘蛛網其實不是蜘蛛網，是一種叫做「Amidakuji」阿彌陀籤的日本占卜遊戲，按照格子或線條的走向，就可以走進阿彌陀佛的後光裡。這究竟是對靈媒的挑釁，還是靈媒下的戰帖？

那長頭髮的女酒客自然被我排除掉了，第一，如果她是靈媒家族雙胞胎中的其中一個，設下這樣的圈套卻是為了要找出日記的主人，於理不合。她直接針對這本日記的主人就好，何必跑來找我呢？

第二，如果日記是她所寫的，不論性別，單在年紀上也不太相符，十歲的人應該能使用更多漢字，日記的內容也應該更成熟才對。第三，作為這本日記的主人，才有可能設定鐵盒的密碼，正巧對應著便利貼；所以這位女酒客誰都不是，也就是說，女酒客代替了收卡片的Y，謊稱說是她收到的鐵盒與卡片。實際上，鐵盒與卡片應該是寄給了雙胞胎中的其中一個，就是這個Y，目前還不知道雙胞胎中的哪一位是Y。這位女酒客應該是雙胞胎其中一人的閨密吧？或是表姊、遠親之類的人呢？鐵盒、卡片、還有這間穀倉，應該就是日記主人安排的。只有他，這個神祕的N，他知道密碼。日記的主人把這間穀倉設計成陷阱，然後寄出鐵盒和卡片，想邀請曾經一起遊戲的雙胞胎中的Y；故意把日記留在這裡，還貼上了許多新的便利貼跟詞句。

那麼，我代替了Y，赴了這個邀約；可是，這又是誰鎖的門？日記的主人N一定知道這件事情與我無關，他也沒有必須鎖住我的動機。

門外的究竟會是誰？

我故作鎮定，開始回想女酒客的面目。翻起了日記的最後一頁，試圖要破解眼前的鐵盒。有沒有可能，女酒客是故意要看我如何破解鐵盒，才肯放我出去？看樣子，鐵盒裡頭裝著我的「鑰匙」呢！

明天一ㄠˋ回ㄐ一ㄚ了我ㄙㄨㄥˋ他ㄨㄚˊ ㄨㄚ ㄏㄞˊ ㄕㄨㄛ 一ㄠˋ和他ㄐ一ㄝˊ ㄏㄨㄣ可是他ㄆㄠˇ ㄗㄡˇ了

（明天要回家了，我送他娃娃，還說要和他結婚，可是他跑走了）

這是日記的最後一頁。咦！不對，我又往後再翻一頁，居然是完全漢字而且表達清晰的工整字體。日記主人N在十年後又替日記補作了，按照筆跡和原子筆的墨水顏色，這個補作有兩篇，內容是這樣的：

「十年了，我不斷嘗試著聯絡你，但你卻不回我任何一封信。我對你的愛從未減少過。我決定轉學到你所讀的惡一學園。希望你能回答十年前的告白。」

「為什麼在他手中？他一直愛著那娃娃，就算他是男人，甚至被同學戲稱為Miss，他也不放手。難道當年最後見到的是他，所以他才一直不回我的信。一切都是你的錯！」

我把主詞受詞重新調整。第二則的日記補作被我修改成這樣：「為什麼在他手中？他一直愛著那娃娃，就算他是男人，甚至被同學戲稱為Miss，他也不放手。難道當年最後見到的是他，所以你才一直不回我的信。一切都是他的錯！」

這樣應該比較近乎原意，可見日記主人是故意這樣把主詞寫亂的。因為這本日記就是要給那位 Miss 看的。

日記主人N在十年前，把洋娃娃——我最後再看了一眼懸吊在半空中晃來盪去的紅衣洋娃娃——送給了他心儀的對象，就是就讀惡一學園的女子Y。可是當天收下娃娃的是雙胞胎裡的另外一位，不，龍鳳胎裡的另外一位，打從一開始就男扮女裝出現在日記主人面前的這位 Miss，後來因為男扮女裝又抱著洋娃娃而被同學霸凌的這位 Miss 應該才是當天被求婚的人。當時連漢字都認不得幾個的日記主人N搞錯了對象，所以弄出了這段錯誤。

那麼，陸陸續續的連絡，應該都是被頂替拿走娃娃的 Miss 攔截了。是信吧，十年前還沒有這麼發達的網路通訊，日記主人N一定是還記得這裡，即使離開後，也不斷寄信過來，想聯絡上Y。卻都被 Miss 攔截了。

所以卡片上雖然說要給Y，但其實根本就是故意要給這位 Miss 的。

我按照日記的提示，解開了密碼鎖，裡頭果真有鑰匙，還有日記裡頭提到，三個孩子各自留下的寶物：魔術方塊、髮夾，和一串念珠。我打開了穀倉門，小心地探頭看看兩邊四周，都沒有人。我暗記下鐵盒的密碼，把日記本和被我拆毀的洋娃娃等所有東西都原封不動鎖了回去。回到等車的地方，那賣便當兼賣車票的老闆一眼瞧了我，問道：「有看到你想看的嗎？」

「還好，老闆，我問你，惡一學園在哪裡？」

「就在後街，你要去嗎？那裡是真的鬧鬼了喔！」

「真的鬧鬼？」

「啊，都是這一家啦，我跟你說吧，你去的那個穀倉，雖然很陰森但其實沒什麼，我們只是不想要有人靠近它而已。但是惡一學園，是真的鬧鬼了。」

「是不是龍鳳胎的誰？」

「你知道了？你怎麼知道的？」

「穀倉裡面有東西……那不重要，惡一學園跟龍鳳胎是怎麼回事？」

「就是那個男的啦，他喜歡穿女裝啊，被同學霸凌，然後就……」

「自殺啊！然後在學園裡作祟。」

「不僅這樣，現在他的姊姊也不見了。聽說有個外地人喜歡他們姊弟倆。但也不知道是怎樣。你如果真的無論如何都想知道的話，可以先去問郵差阿旺，他投遞過很多封寄給他們的信跟包裹。」

「外地人？喔，他是喜歡姊姊，但是弟弟卻喜歡那個外地人。」

「我在這裡卅年了，都沒像你這麼清楚。那穀倉裡面究竟是什麼？」

我沉默了一下。穀倉裡頭裝滿的，不過就是年少無知的惡意吧，在不經意之下，我們都會傷害到某些人，從此造成難以消除的疤痕。故事的始末我不打算告訴任何人，畢竟有的當事人可能真的不在這個世界上了。

「裡面啊，也很難說得清楚。不過現在換我勸你，不要進去了。」

4

「我就知道你會回來。」

在一個禮拜三的雨夜，天氣有點悶濕，那個長頭髮的女酒客像上次一樣，靜靜地，一個人來到了小酒館裡。

「對不起，利用了你。」

「沒關係，是一場還不錯的小品遊戲。但，究竟發生什麼事情，我其實不能很確定。

我只是大概曉得，這是來自日記主人的邀請，而他邀請的對象不是你，是你代表的，雙胞胎姊弟中的其中一人。

「總之先給我一杯琴費士。」

「也對，慢慢喝，再聊。」

我把酒調好，還連帶著接待了兩組客人，等一切安排停當之後，才終於有空繼續聽她把故事說完。

「你知道了多少呢？在那穀倉裡頭。」

「原來啊，是你鎖住我的吧！」

「是，我其實從那天走出店門口之後，就一直在外頭埋伏等你，然後一路跟著你到那個村鎮去。」

「不對啊，我下客運車的時候……」

「沒有其他乘客對嗎？我在後門，有廁所的那個邊間，我從那裡下車了。對不起，把你鎖起來。」

「為什麼呢？」

「因為，因為我的好朋友 Sam，就是收到這個鐵盒和卡片之後，一個人跑去那裡，沒多久，他就自殺了。」女酒客倒抽了一口寒氣：「我是不相信鬼怪的人，但是 Sam 因為家族的關係，其實還是很迷信的，我認為，只有具備理智的偵探才能破解那個穀倉的祕密。」

「弟弟叫作 Sam 啊。那本日記的最後一頁是要給弟弟看的，整個計畫都是為了 Sam 這個弟弟。」

「所以你知道 Sam 是為什麼要自殺嗎？」

「確定是自殺嗎？」我無法從現有的證據推斷 Sam 的死活，但既然這位閨密很肯定，我想事實應該也相去不遠。

「Sam 他最後一次收到禮物，就是鐵盒和卡片，我認為這是害死他的原因。」

「有什麼證據呢？」

「有，Sam 和她姊姊 Yuki 是龍鳳胎。Sam 自殺之後，Yuki 也失蹤了。我覺得一定是 Yuki 也看到那本日記，連結上弟弟的死因之後，就回到事件發生的那座穀倉。」女酒客頓了一下說：「其實，我更像是要找回 Yuki。喪禮結束後，她跟我聊了很多，我跟她講話就好像在跟 Sam 講話一樣，很親切、很不捨。」

關於那本日記的種種，童趣與詭譎並存的塗鴉、語焉不詳的注音文再度浮現在眼前。Sam 收到鐵盒和卡片，到了穀倉裡，被鎖在裡頭，看了日記；就像我先前發生過的事情一樣，為了逃出穀倉而想盡辦法要解開謎題。

「啊！」我驚叫一聲。這是我經手這麼多案件以來，唯一的一次，讓我心驚肉跳的。

「怎麼了？」

「穀倉裡，十年前的穀倉裡，日記的主人向雙胞胎的其中一人求婚了。如果他求婚的對象是姊姊，那今天這個鐵盒就不會寄給你的閨密了。」

「你是說，日記主人喜歡 Sam？」

「喜歡的話，為什麼要設下這樣的圈套捉弄他？你知道我在穀倉裡經歷了什麼嗎？那一點都不浪漫！」長頭髮的女酒客似乎聽懂了我的意思，畢竟她也在穀倉外頭全程看完我解謎的過程，包括拆毀那所謂珍貴回憶的洋娃娃。她低著頭，應該是想通了 Sam 為什麼要自殺。

日記的主人為了要把壓抑十年的恨意一次釋放，才在穀倉安排了那些設置。什麼日記、鐵盒，都是為了加深Sam的罪惡感。日記主人向Yuki求婚，可是被Sam破壞了。我想得到的破壞手段其實也很多，但日記主人難得碰上龍鳳胎，那麼，頂替冒名就是最好的辦法。Yuki永遠不知道日記主人的心意，而Sam卻可以滿滿地接受日記主人的愛。撲克牌的密碼、曾經躲過的門邊死角、洋娃娃、長頸鹿、壁畫塗鴉、第一次聽塔羅牌的故事，日記主人會不會，曾經一度忘記自己究竟喜歡的是姊姊，還是Sam呢？

「為什麼要這樣惡作劇！這樣殘忍！」

「兩個人都在惡作劇啊，未成年的孩子其實是非常殘忍，不受任何社會道德規範的。」

「你覺得，日記主人這樣就開心滿意了嗎？他會不會在哪裡偷偷看著我們？」

「要我說的話，去問長頸鹿吧。因為——那是『我』最喜歡的動物。」

九歌文庫 1254

濃度40%的自白：酒保神探 1

作者	唐墨
責任編輯	蔡佩錦
創辦人	蔡文甫
發行人	蔡澤玉
出版發行	九歌出版社有限公司 臺北市105八德路3段12巷57弄40號 電話／02-25776564・傳真／02-25789205 郵政劃撥／0112295-1
九歌文學網	www.chiuko.com.tw
印刷	晨捷印製股份有限公司
法律顧問	龍躍天律師・蕭雄淋律師・董安丹律師
初版	2017年6月
定價	300元

書號　F1254
ISBN　978-986-450-127-4
（缺頁、破損或裝訂錯誤，請寄回本公司更換）

國家圖書館出版品預行編目資料

濃度40%的自白：酒保神探1 / 唐墨著.
-- 初版.-- 臺北市：九歌, 2017.06
256面 ；14.8×21公分. --（九歌文庫；1254）

ISBN 978-986-450-127-4（平裝）

857.63 106005270